188

石原慎太郎

私の海の地図

私の海の地図

石原慎太郎

JPN
188

目次

カバー写真
コンテッサ八世
カバー写真前袖
コンテッサ二世のスピンネーカー
前見返し写真
コンテッサ二世
カバー写真後ろ袖
コンテッサ八世のスピンネーカー
後ろ見返し写真
コンテッサ八世

JPN
188
CONTESSA XIII

capt.

湘南《しょうなん》の海

須磨《すま》で生まれたが、五つの時に、汽船会社に勤めていた父が小樽の支店長になって転勤したために小樽に移り、それから八年間小樽で過ごした。神戸育ちの私にとっては、雪の降り積もる小樽の気象は最初は珍しくもあったが、母にとってはどうもとても耐えきれぬものだったらしく、ひと冬過ごしたのちに、母は私たち兄弟を連れて神戸に帰りたい、出来れば自分の実家のある広島に戻りたいなどと駄々を捏《こ》ねて、父を往生させたらしい。

それから八年間小樽で過ごしたが、小学校五年生になった時に、父の東京本社への転勤で、湘南《しょうなん》の逗子《ずし》にまた引っ越した。湘南の逗子での住まいは、会社の社長の別荘を借りて過ごしたが、逗子の海はそこから歩いて五分もかからぬ間近なものだった。小樽時代にも毎夏、近郊の蘭島《らんしま》に海水浴に行ったりはしたが、ひと夏せいぜい十日ほどの真夏のことで、とても海を満喫したり、泳ぎを覚えたりなどという余裕はありはしなかった。

しかし湘南の逗子に移って、家の間近に広がる海を満喫するようになり、しみじ

一（大扉）ページ
逗子（ずし）の書斎、真正面の逗子湾を航行するコンテッサ十三世。（二〇一四年五月）

二～三（目次）ページ
白砂がつづく砂浜、透明度の高い海。沖縄県久米島のはての浜。

四～五（目次）ページ
湘南の海を遊行するコンテッサ十三世。舵をとる著者、左から二人目。（二〇一五年四月）

六ページ
一九六三年、初参加した太平洋横断レース「花のトランスパック」（トランスパシフィックヨットレース）。ロサンゼルスからホノルルへ向かうコンテッサ三世。右から二人目が三十歳の著者。珍しいサイン「キャプテンシンドバッド」は、曰（いわ）く「慎ドバッド艇長」の意。

みとなんと湘南の海は小樽に比べて優しく、子供心にもさまざまな魅力に満ちたものだろうかと感嘆させられたものだった。

逗子葉山は、戦前戦中は政府の高官や財閥の避寒地であって、海沿いには大きな豪邸が並んでいたし、間近に流れる田越川《たごえ》では、橋の上から見えるハゼ（沙魚）に向かって糸を垂らすと、まさに入れ食いだった。しかもその川底にはカキ（牡蠣）がぎっしり固着していて、もいで持ち帰れば、そのまま生でというわけにはいかないけれども、火を通せばまさに絶好の食事ともあいなった。

逗子葉山の景観については、家の近くにかつて別荘を構えていた徳冨蘆花《とくとみろか》が『自然と人生』の中でも描いていたし、その一部は、当時の小学校の国語の教科書にも載っているほどだった。

知る人ぞ知るだが、鎌倉から逗子葉山を経て三崎《みさき》に至る三浦半島の西側の海は豊饒な漁場で、季節ともなれば、遊漁船《ゆうぎょせん》が休日には沖にひしめいて並んでいるし、素人でもコツを覚えれば、逗子の入り江や、あるいは葉山の森戸《もりと》沖の海岸で、ハゼや

八〜九ページ
茅ヶ崎（ちがさき）沖の烏帽子岩（えぼしいわ）は、茅ヶ崎最古の地層が海底から隆起した岩礁（がんしょう）群、姥島（うばしま）にある最大の岩礁。右奥が江ノ島と江ノ島灯台。十秒毎（ごと）に閃光（せんこう）を発する江ノ島灯台は、ヨットのクルーにとって夜間航行の大事な目印。

次と次々ページ
久里浜（くりはま）のオリエンタルボートで建造した、コンテッサ二世のセイルプラン。一九六〇年代初頭から、コンテッサ二世で本格的にオーシャンレースに乗り出した。

NORC 188 CONTESSA II

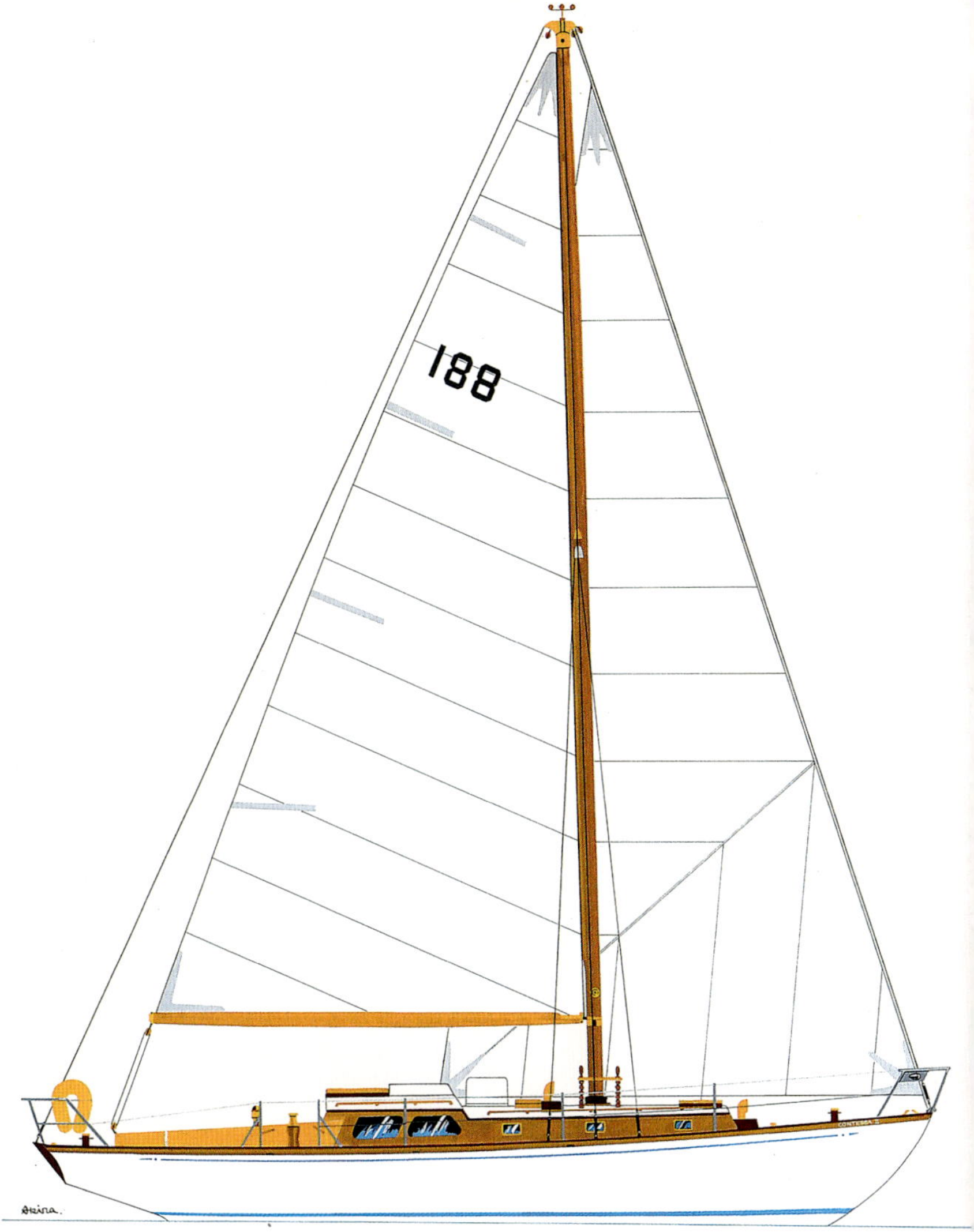

35-Footer "Contessa-II" NORC 188 L.O.A., 35'4" L.W.L., 26'-1/2"

コチ（鯒）といったおいしい魚が入れ食いの時もあるほどだ。

逗子との境目にある葉山の港は、日本におけるヨットの発祥地としても知られていたし、今でもヨッティングの聖地である。

私たち兄弟は、逗子の海水浴場にある貸しボートでは飽き足らずに、当時珍しくディンギやスナイプを備えてそれを貸し出している貸しヨット屋のヨットを眺めて憧れたものだが、それが高じて私が中学生の頃、弟と言いあわせて、ヨットの中でも一番小さなディンギをなんとか買ってほしいと父にせがんだ。

子煩悩な父は想像するに、おそらく家計からはみ出した支出になったと思う、中古ではあったが木製のクリンカー（鎧張《よろいばり》）のA級ディンギの中古艇を、確か一万数千円の値段で買って、私たちに与えてくれたものだ。

逗子の貸しヨット屋の斡旋で、私たちのものになったこのディンギは、ヨット屋のリヤカーに積まれて、彼らが手でそれを引いて、金沢八景の六浦《むつうら》の海から峠を越えて、逗子の私たちのいる海に嫁入りしてきた。

私はそのヨットでのセーリングに耽溺して飽きることがなかった。その小さなヨットは私にのちに私の人生の光背となった海をもたらしてくれたし、あの小さなディンギによって、私の人生は開かれたと言ってもいいほどだ。

以来、私たち兄弟のヨット癖は高じて留まることなく、日本のヨット界のパイオニアであった巴《ともえ》工業の山口親子の知己《ちき》を得て、彼らにそそのかされ、当時、一番手に入りやすい価格でつくられていたJOG、ジュニアオーシャンレーシンググループの二十一フィートのオーシャンレース用のヨットを建造し購入もしたが、その船での初めてのレースで横浜を出発し、城ケ島《じょうがしま》をまわって葉山までのひと晩のレースで、てっきりいい成績でゴールインしたと思っていたところ、着いてみれば、水線長《すいせんちょう》も長い、ほかのヨットたちがたくさん、とうにゴールインしていて、並んで舫《もや》いをとった二十七、八フィートの船のキャビンのギャレーで、彼らのつくっているシチューがとっくに芳香を放って煮立てられてい、連中がそれを口にしながら、ゆうゆうと酒を飲み、歓談しているのを見て、ヨットはやはり大きなものにしくはな

188
188

いということをしみじみわからされた。

以後奮発し、久里浜《くりはま》のオリエンタルボートで、当時としては最大級の三十六フィートの木造のオーシャンレーサーを建造させ、その船との長い付き合いでは、日本から初めて参加した外国のレース、香港からマニラまでの第一回のサウスチャイナシーレースにも、船をオンデッキで香港まで運んで、外国の海でのレースを満喫したものだった。

以来、私の所有する船は次々変わって、最後は五十フィートのジャーマン・フレーズが設計した当時としては素晴らしい、美しい、速いレーサーとの巡り合いともなったが、いずれにしろ葉山や油壺《あぶらつぼ》を起点にした国内のレース、遠くは沖縄から三崎まで、あるいは小笠原から三崎までのいくつものレースを楽しんだものだった。

なんといっても、私たちのホームポートのある葉山や油壺の外に広がる湘南の海は、まさに私にとってのホーム水域であって、その間フィンやデイセイラーといったひとり乗りのヨットでも、私は湘南の海の魅力を味わいつづけてきたものだった。

右ページ
一九六二年、香港・マニラ間の第一回サウスチャイナシーレース。日本船籍のヨットとして初めて海外のレースに参加した三十六フィートのコンテッサ二世。著者が海外ヨットレース参加の日本の先駆者であることにヨットマンは今なお敬意を示す。

次見開きページ
葉山沖にある「裕次郎灯台」と名島（なじま）の鳥居。石原裕次郎三回忌に建立した白い裕次郎灯台は、湘南（しょうなん）の海に一幅の絵のような情景をもたらす。暮れなずむ裕次郎灯台の上空を飛ぶ、二羽の海鳥。

しかし、いかにおだやかに見える湘南の海も、実はヨットという板子《いたご》一枚の上に帆を張って走るスポーツにとっては、ところどころ厄介な難所を構えた油断ならない、やはり海は海であって、ヨット乗りならではの認識であろうが、ほぼ平たんに見える湘南の海にもいろいろな罠が自然の力で仕掛けられている。

浦島《うらしま》から逗子葉山に至る海岸の有料道路には料金所があり、その沖合にも実は思いがけぬ浅瀬があって、私がしばしば乗りこなしていた三十六フィートのクルーザーでも、二メートルに足らぬ吃水《きっすい》のキールを打つような浅瀬があって、気づいて船を留め潜ってみれば、その浅瀬に大きなスズキ（鱸）が棲《す》みついたりしていて、改めて驚かされたものだった。

そして今ではレースのマークにも使っている、かつては逗子の池子《いけご》にあった海軍の弾薬を運んで、アメリカ軍がそこで爆発させて処理していた烏帽子岩《えぼしいわ》という大きな岩礁《がんしょう》が茅ヶ崎沖にはある。この烏帽子岩は大きな岩の形が、昔の男が被った烏帽子に似ているので、それをとって烏帽子岩という名前にされているが、岸からこれを眺める風景は湘南ならではのもので、小津安二郎さんのいくつかの映画の中には、この烏帽子岩を映した海の風景が、主人公たちのドラマの背景にあって映し出されている。

おそらく湘南の海岸線の中で烏帽子岩は最大の岩礁だが、しかしそのほかにも葉山の御用邸のある長者ヶ崎《ちょうじゃがさき》を巡るその先には尾が島《おしま》といういくつかのかなり大きな岩礁でつくられたポイントがあって、ここもまた素潜《すもぐ》りで魚を眺めるには絶好のポイントだ。

そしてまた、葉山の海水浴で賑わう森戸海岸の奥には、沖合一キロ近いところに名島《なじま》といういくつかの岩礁で形成された岩礁群があって、一番大きな岩には鳥居などが建てられていて、夏、海水浴客たちにとっては絶好の遊びのポイントにもなっている。

これは案外知られていないことだが、この名島の沖で冬に潜っていると、なんと水深十五、六メートルの水底に、もちろん人を襲うことはないのだが、かなり大き

次見開きページ
神奈川県三浦半島の小網代湾(こあじろわん)に著者がつくったブイをコンテッサ十三世のバウ(船首)から見る。明快な紅白のブイは「慎太郎ブイ」「赤白ブイ」の呼称で航行の指標になっている。

NORTH SAILS

沖

な二メートルを超すようなアオザメ（青鮫）が数匹棲みついているのを見て、ちょっと驚かされたこともあった。

ダイビングポイントといえば、ダイバーというのは貪欲なものでいろんな機械が発達した今日、ヨットにも当然、難所を避けるための水深計、デプスファインダーが備えられているが、それを使って湘南の海を徘徊していたあるダイバーが、なんと稲村ヶ崎《いなむらがさき》の斜め沖合に、最近絶好のダイビングポイントを見つけてくれたものだ。言われて潜ってみると、水深十五、六メートルの水底に三つの尖った岩が並んで聳《そび》えていて、これまた魚たちにとっての絶好な棲み処《か》になっている。手近な海でダイビングを楽しむダイバーたちにとっても新しい名所になっている。

いずれにしろ私たちは自分の住み処から手近な湘南の海はもちろん、葉山や油壺のヨッティングの聖地を起点に海へ乗り出してさまざまな海を満喫させてもらっているが、メインポートである葉山に戻る時に、遠出した船が三崎に近い海まで帰りを急ぐ時に、大きな障害になるのが、この森戸の沖にある名島なのだ。

いつか葉山に行幸されている天皇陛下の警護のために赴いてきた自衛艦が暇つぶしに熱海方面に出かけて、もとの警護の葉山沖に戻る時に、杜撰《ずさん》な艦長がオートパイロットでコースを設定して、それが少し狂って、名島のひとつの岩にのりあげて失態を演じたということもあったが、葉山の港に戻るために、この名島をクリアするのが、特に日が暮れてから先を急ぐ船人にとって厄介な帰り道となる。

この名島の端の岩と岩の間に漁師たちが見つけた水路があって、その幅は極めて狭いのだが、しかしそれを抜けると、葉山の港に、あるいは逗子にえいえい戻るのに十分以上時間が稼げるので、海の識者たちはその水路をよく利用するものだが、誰かがいつか水路を示すために、そこに材木を使った柱を岩の穴に挿して標識をつくってはくれたが、嵐が来ると、そんな信号は簡単に折れて流されてしまうし、それに懲りた奇特な誰かがコンクリートの柱を標識の代わりに立ててくれたが、これもまた台風によって簡単に折れて流れてしまった。

この水路は便利といえば便利だが、何かが横にそれると、キールの深い船は船底を打ってしまう。幅が十五、六メートルの水路をわずか一メートル外れるだけでおもいがけない浅瀬が水路に沿って並んでいて、よほどの手だれの運転でないと船を損なう恐れがある。

何か確かな標識があれば、遊び疲れて帰りを急ぐヨットマニア、釣りのマニアにとって、時間稼ぎの便利となるのだが、弟が亡くなった時に、たまたま運輸大臣をしていた私が、海上保安庁の水路部に諮《はか》って許可を得、弟を記念するために灯台を建てたものだった。

今ではこの灯台は裕次郎灯台と呼ばれて、沖で遊び尽して帰りを急ぐ船人たちにかなりの恩恵を与えていると思うが、これも弟にとってもいい功徳だと改めて、今さらに私は満足している。

同じように昔は三宅島《みやけじま》や八丈《はちじょう》をまわるオーシャンレースの、あるいは関西からのオーシャンレースの一番長いレグ（区間）のひとつとして、毎年夏、行われる鳥羽《とば》パールレースは、湘南地方の最大のヨットの聖地になった小網代《こあじろ》湾がフィニッシュラインになっているが、この付近に厄介な大謀網《だいぼうあみ》があって、それをクリアして安全に小網代湾内のフィニッシュラインに向かうために、指標が必要だということで、私が発案し、その沖合に大きなブイを浮かべてそれをクリアすると、あとは決められた角度で直進すれば、無事に小網代湾の中のフィニッシュラインに至ることが出来る目印となるブイもしつらえたものだが、残念ながら、私がつくった灯台を裕次郎灯台と呼んでいる人はいるが、せっかくのそのブイを慎太郎ブイと呼んでくれる人はあまりいない。

いずれにしろ私たち海を愛した兄弟は、それなりの功徳をこれからも海にやってくる仲間のために尽したことにはなっていると、密かに思ってはいるが。

次ページ
春の海でコンテッサ十三世を操舵（そうだ）する。右から三人目が著者。（二〇一五年五月）

JPN
188

限りなく恐ろしく美しい難所　神子元島《みこもとじま》

世の中には難所と呼ばれる、通り越すに厄介な場所があちこちにある。例えば、東海道五十三次の天下の険といわれた箱根山とか危険な山とされている穂高岳のジャンダルム、谷川岳の一ノ倉沢とか遠くはアルプスのアイガーの人喰いの壁ともいわれた北壁、世界の最高峰エベレストの頂上真下の大難所ヒラリーステップ等々。しかし得てして人間という横着な動物は好んでそんなところへ近づきたがるものだ。

人が多く住みついて並の生活をしている都会にしてもなおだが、そんな物騒なスポットがありもする、普段滅多に出向かぬ山や海ならばなおさらのことだ。私のようにヨットの試合やスクーバダイビングで世界中の海を堪能している者にとっても、出来れば避けて通りたい難所がいくつもある。そして皮肉なことにそうした海の難所というのはどれを眺めてもなかなか美しいし、いろいろな意味で魅力的なものだ。

最近若いクルーたちが嫌がるのですたれてしまったが、オーバーナイトで走るオーシャンレースの折に格好な回航マークとして年に何度も使われていた伊豆半島の先端にある神子元島《みこもとじま》は、伊豆半島を離れた沖合にぽつんとある巨《おお》きな岩島で、その所在を示すために立派な灯台もあるが、危険の所在を示すはずの灯台があってもなお、こんなに恐ろしい海の難所は滅多にあるものではない。

伊豆半島というのは日本の人口の一番超密な、すべての物事の集中集積の進んだ関東とその西側の中部や関西を区分する存在で、西から海を渡ってやってきて伊豆半島を過ぎると、ようやく東京を核にした首都圏に戻ったという気がする。

私たちヨットマンにとって沖縄や関西のどこかからヨットの聖地の湘南《しょうなん》に向かうレースで、伊豆半島南端にある爪木崎《つめきざき》の灯台や神子元島の灯台を認めると、やっとホームポートに近づき戻ってきたなという実感がある。そして西から東に戻ってきた者にとって、これも伊豆半島を証《あか》す石廊崎《いろうざき》の灯台から爪木にかけて空恐ろしい海がつづいているのだ。

爪木から石廊にかけて干潮になればようやく姿を現わす干出《かんしゅつ》を含めて大小無数の暗礁《あんしょう》が点在している故にも、関西に向かう船のほとんどは爪木から石廊まで直線コースは選ばず、まず神子元島を確認してそれをかわしての外側のコースを選ぶ。

それでもなお現代の航海計器を過信してか、神子元に衝突してのりあげる大きな本船は年中こと欠かない。ある時などひと夏に三隻もの船が神子元の東側にのりあげているのを見たことがある。あれは陸地を間近に眺めながら油断した船乗りたちの自業自得ということだ。

私は今まで毎年夏に恒例の鳥羽《とば》からのレースをこなしてきた。季節からして凪《な》ぎの多いわりと単調なこのレースで一番神経を使うのは、酷暑の中、駿河湾を渡りきってようやく伊豆半島にたどりつき、それが夜間にかかった時の石廊崎から爪木までの二十キロほどのレグ（区間）だ。

ある年など、ベテランのクルーにまかせて寝ていたら、船の走りが妙なので起きて確かめると、船は強い潮に乗せられて舵《かじ》がきかぬまま横滑りして走っていた。そして空には、なぜか不気味な赤い月がかかっていた。

あんな不気味な帆走《はんそう》は経験したことがなく、あの時だけは運を天にまかせて目をつむって走るしかなかったが、思い出すだに何とも摩訶不思議な経験だった。あれ

左ページ
月夜に、静岡県石廊崎（いろうざき）から、神子元島（みこもとじま）の灯台を望む。

もあの魔性の海ならではのことと思っている。そして私たちは普通小一時間はかかるあのレグを、何と僅か二十分ほどで為されるままにどの暗礁にぶつかることもなく運び尽され、無傷のまま相模湾に放り出されたものだった。

私は四十の年になって初めてスクーバダイビングをこなすようになり、気のおもむくまま北極海を含めて世界中の海で潜ってきたが、神子元島という絶好のダイビングポイントで潜ってみて初めて水中を知らぬヨット乗りたちが無知なままに、島の周囲に極めて浅い暗礁の点在する、あの島を回航のマークにしていたことに気づいて肝を冷やすようになった。現にいつかはレースの最中に島まで来たら急に風が落ち、西から東にかけて常時三ノットで流れている潮に邪魔され、のたうち回ってのあげく、三度も隠れた根にキールをぶち当てて震えあがったことがあった。

しかしなお、神子元島ほど東京から近場であれほど魅力的なダイビングポイントはありはしない。東に向かって流れる海流に乗ってやってくる無数の魚たち。カンパチ（間八）、ヒラマサ（平政）、タカベ（鰖）の大群、時には数多くのハンマーヘッドシャーク（撞木鮫《しゅもくざめ》）と、濃い魚影にはこと欠くことがない。ある程度経験を積んだダイバーにとっては垂涎《すいぜん》の美しくも危険な海の難所なのだ。

ダイバーを乗せる商売人たちは二十人ものダイバーを三、四人くらいのガイドで束ねて潜らせているので、回収し損ねて流されているダイバーを救急してやったことが何度もある。潜る方も命懸けということだろうが、水に入ってみればともかくその価値は十分にあるという水底の世界が開けているのだ。

近くから眺めても海の上から眺めれば赤茶けた岩のつづく何の変哲もない無人の島だが、それを巡るある種の人間たちにとっては、こよなくも恐ろしい、それ故にも限りなく魅力に溢れた海の難所なのだ。

私は神子元島の怪しい魅力について思う度、ギリシャの古典『オデュッセイア』の中の、狭い海峡を過ぎる船人たちを妖しい歌声で虜《とりこ》にして殺したサイレンの挿話を思い出す。

海は至る所で美しく危うく私を引きつけて止まない。それ故に海は海なのだ。

次見開きページ
神子元島は静岡県の最南端にあたる太平洋上の無人島。撮影時、改修工事中であった神子元島灯台は「日本の灯台五〇選」の一基であり、「世界の歴史的に重要な灯台、世界灯台一〇〇選」に選ばれた日本の灯台、五基のうちの一基である。

三十八ページ
強風で、激しくブローチング（横倒しの破走）するコンテッサ二世。

100
001

初島の魅力
はつしま

我々のように外洋のヨットレース、つまりオーシャンレースをたしなむ人間たちにとって、初島《はつしま》という島はゴロ遊びではないがその名のとおり、誰にとっても初々しい島に違いない。関東の水域でオーシャンレースを行うヨットマンたちにとっての本格的なオーシャンレース、つまり島をまわる島まわりのレースのターゲットは、初島に始まって、大島から南に連なる遥か南の小笠原諸島も含めて数多いが、中でも一番ヨット乗りに膾炙《かいしゃ》されているオーシャンレースは、相模湾の西端にある、熱海や伊東のすぐ沖合の初島にほかならない。

初島という島は、その周囲わずか四キロの歩いても一時間足らずでまわりきれる小体《こてい》な島だが、これを一周するレースは、そのときどきの風向きや潮の流れによっていろいろな工夫を費やす時間や距離が、他の島まわりのレースに比べて短くても変化に富んで味わい深いものがある。

特にふた昔前のまだまだオーシャンレーサーの性能が今に比べて劣っていた、風に向かって切り上がっていく真上《まあが》りの性能が悪かった頃には、南の風に乗って真鶴《まなづる》

右ページ
『1962年初島レース　スタート直後トップにたったContessa 6時間後、「早風」「ミヤ」は沈み、11人が死んだ。』写真左下に著者が記した一文が、寒冷前線による突風に襲われた壮絶なレースを物語る。一九六二年の初島（はつしま）レースの貴重な一枚。白のカスケットを被っているのが著者、右から三人目。この写真にはさらに「スタートから四時間後、突然嵐となり、早稲田大学の早風（はやかぜ）と慶応大学のミヤが沈没、十一人の若者が死んだ」という英文も添えられている。

23.5
8.6
084°
281°

岬《みさき》をかわし、初島に近づいてもそのまま島をクリア出来ないことが多々あったり、島を回航してもなお相模湾の水域に多い北東風、いわゆるナラエに逆らって、フィニッシュラインのある油壺《あぶらつぼ》沖に向かったものの、船の性能からすると「ひと帆《ほ》」では走りきれずに、風に押されて城ヶ島《じょうがしま》のあたりにようやくたどりつき、そこでワンタック、反転してゴールにたどりつくということが多々あった。それから、初島まわりを何度もたしなんだ者にとっては経験からして、真鶴半島の岬の先端にある三ツ石をかわして、初島にたどりつこうとすると、初島の対岸にある伊豆半島の地形のせいか、おうおう風が急に角度を変えたりしてまごつかされもする。

私が中学高校生の頃、敗戦のあと、初めてカリキュラムとして登場した社会科の勉強の中で、共産社会なるものを学ばされたが、ある教師の説明だと、その典型が実は人口の限られた初島に存在していて、初島ではさしたる生産物もなしに、ほとんどが自給自足に近く、村落として立っていくために、家族の数の増えた家庭は一種の黙約として、跡取り以外の子供の何人かは島を出ていかねばならなかったそう

前見開きページ
小網代（こあじろ）沖をスタートし、初島の北側を通って伊東沖でフィニッシュする、第三十二回三浦-伊東ヨットレース。どしゃ降りのコース上、間近に初島を見て進むコンテッサ十三世。
（二〇一四年六月）

な。初島を見学に行く実習もあったりしたが、当時の生徒にとってはそんな島を訪れることには一向に興味も湧かずに、その小旅行を敬遠してしまったものだが、長じてオーシャンレースをするようになって、この島を何度も外から眺めてひとまわりしてみると、前述したものとはまたひと味ふた味違った興味の対象としていろいろ想い出に残ることが多い。今では、この島に場違いなほどの立派なリゾートホテルが出来てもいるし、島の南西岸には立派なマリーナも出来て、ヨット乗りたちのために洒落たレストランも開かれたりはしている。

しかしなんといっても、私たちヨット乗りにとっての興味はどの島にもあることだが、実は小さな島ながら、そのまわりに数多くの暗礁《あんしょう》を構えていることで、ヨット乗りたちを待ち受けるこの島の回航は、一見、気楽のようでけっして油断出来るものでありはしない。

のちに四十代で初めてスクーバダイビングを始めた私にとって、さらに南の新島《にいじま》、式根島《しきねじま》、神津島《こうづしま》、八丈《はちじょう》といった島々は、まさに大洋のまん中に屹立《きつりつ》する島ゆえに、

次見開きページ
伊豆半島東の沖の相模灘（さがみなだ）にある初島。熱海市に属し、静岡県の最東端にある。

仕留められる魚も数多く、大型で多様で、中には危険なサメ（鮫）もいたりはするが、そうした意味では初島などは、ダイビングの対象として興味をそそられることはほとんどありはしなかった。

しかし前にも記したように、一度オーシャンレースのマークとして構えている島の周辺で潜ってみると、ヨットというかなり長いキールを構えた船にとって、島の周囲の海はいかに思いがけない危険をはらんでいるかということがよくわかる。実はごく最近になって、島の漁協は水域を限って、観光客誘致のために島の周辺でのダイビングを許すようになった。

ということで、私も熱海をホームポートに構えるレース仲間のある男に案内されて、初めて初島でダイビングをしてみたものだが、それが案外、魅力に溢れたダイビングスポットであることに驚かされた。それはそうだろう。南から北上して大島と稲取《いなとり》の間の海峡を抜け、大島の北端の風早崎《かぜはやさき》で東にふれ、相模湾に流れ込んで、さらに房総半島を洗い、北上して三陸沖までに至る黒潮の流れの分流が、この初島に届いていて、黒潮に乗ってやってくるカンパチ（勘八）やヒラマサ（平政）などという回遊魚《かいゆうぎょ》を、思いがけなくも初島の近くの水底で目にすることが出来る。それだけではなくて、周辺で潜ってみると、この島にはやはり大きい浅瀬があちこちに点々とあって、危険な罠として備えられているということが改めてわかる。

初島レースというのは、手頃なせいで参加艇も多く、競争心にはやった乗り手たちが無理をして、先を争って島を近まわりしようとして浅瀬にのりあげ、中には船を沈めてしまい、ほうほうのていで島に泳ぎついて、次の日、連絡船で陸に戻ったという船が何隻もあった。

かくいう私も、ジャーマン・フレーズの設計による五十フィートのコンテッサ十世の快速艇で、スタート後、簡単に他の船を引き離して、島まわりの記録をつくってやるつもりで島をかわしたが、島の西側に沿って航行中に欲張り過ぎて、キールが三メートル近くあった船を、水深計を読みながら、五メートルまで来たら、タックして沖に出ようと言っているうちに、六メートル、七メートルでクルーが水深を読み上げ、五メートルと叫んだ瞬間、船が浅瀬にのりあげ、止まってしまった。

ヨットレースではよほどのことでないかぎり、エンジンを使うことは禁止されているから、次の風か潮の流れを密かに期待して待ちつづけたが、ほかの船もせまってきて、抜かれるのが業腹で、仕方なしにエンジンをかけ船をバックさせて、なんとか離礁《りしょう》して島をまわり、結果としてはダントツでゴールインしたが、一応、正直に瞬間的ではあったけれど、離礁するためにエンジンをまわして座礁から離れたと、コミッティに報告したら、冷酷なコミッティは、それをもって私たちの新艇での初レースを失格にしてしまいやがった。

それを報告してきたボースン（クルー長）も
「なあに、あまり船が見事で速いので、あいつらのやきもちですよ」

と嘯《うそぶ》いていたが、しかし、何にしろしばらくの間チャンピオンボートでいた、あのコンテッサ十世の初レースは欲をかき過ぎたために、失格という無残な結果で終ってしまったのだった。

いずれにしろ初島は、オーシャンレースをしたり、あるいは憧れる者たちにとって、実は手頃なマークであって、葉山に新しい港が増幅され、そこに集まっているフリート（船団）の連中が、いずれもオールドタイマー（年寄り）が多く、中にはまだまだ不慣れな船もあったりして、いつも週末には連中が船に集まって酒を飲んで、私もよく誘われたりするが、なかなかいい雰囲気のクラブをつくっているので、ある時、

「せっかくこれだけの仲間が揃って、船も整備されているのに、少しは遠出してのレースで、初島くらいまわってきたらどうだ」

と、そそのかしたことがある。

「それなら石原さん、都知事としてのトロフィーを出してください」

とせがまれたので、応じてトロフィー屋に注文したら、注文主の足元を見てか、注文した以上に大きなカップを届けてきた。半分素人に近い集まりのフリートのためのカップとしたら、過ぎたるものだと思ったが、まあ、それを提供することで、

彼らが発奮して、せめて初島をまわるくらいのレースをしてくれたらと期待していたが、ある年の秋、連中は相当の決心をして初島をまわるレースを試みたものだ。

そそのかした私も当然参加してしかるべきだが、言ってみれば、赤子の手をひねるくらいに簡単に勝つことは出来そうで、一応さし控えておいたけれども、レースが行われた翌日の休日に顔を出してみたら、レースを終えた連中が昨夜のレースを思い返してひどく興奮しているのには、オーシャンレースのいささかの先輩としては心打たれるものがあった。

夜中の帆走《はんそう》に初めてハンドリングが厄介なスピンネーカーを揚げたと、誇らしげに胸を張ってみせる船があったり、中には、途中で流れてきた藻が舵《かじ》にからまって動きがとれなくなったので、わざわざハーバーマスターの鈴木さんを電話で呼び出して、レスキューの船を手配したなどというバカな手合いもいたが、冬ではないので、そんな時はなぜクルーを飛び込ませて、障害になっている大きな藻の塊を外させなかったのだと咎《とが》めたら、いや、あんなところで、うっかり潜ってサメにでも襲

著者が創設した初島を回航するレース、「石原慎太郎杯」第十三回葉山・初島ヨットレースで二〇一五年九月、著者はコンテッサ十三世で、幾度目かのファーストホームを果たした。

われたらと真顔で言ったのには呆れさせられた。

しかしいずれにしろ、ほとんど初心に近い彼らが初の島を巡るオーシャンレースを、初島を舞台にこなしたというのは、初島というある意味では非常に貴重な存在が間近にあってくれるということで、彼らもささやかな勇気をふるって、オーシャンレースの醍醐味を生まれて初めて味わうことが出来たに違いない。

私も何年か前、初島のマリーナに仮泊《かはく》して、その折に仲間と一緒に島を徒歩で一周してみたことがあるが、海沿いの道をたどって小一時間かけて一周してみて、改めてあの島を海から眺めるのとはなんと言おう、またひと味違った、島としての存在感を味わうことが出来た。

そして、今まで何十回もまわったこの島が、こんな風景のものかということを足で踏みしめ、目で確かめたことで、改めて島を眺めながら、また夢中になってその海を巡るオーシャンレースの無償性の、人生にとっての意味合いというものを感じ直したような気がしたものだった。

次ページ
静岡県熱海沖でのレース。右がコンテッサ六世。

188
44

愛してやまない式根島《しきねじま》

伊豆七島というのは世に膾炙《かいしゃ》された呼び名だが、実はその名に背いて東京都に属する美しい島々なのだ。相模湾を囲むようにして南に伸びている三浦半島、房総半島。さらに西の風を遮《さえぎ》って聳《そび》える天城連峰《あまぎれんぽう》を抱えた伊豆半島はその名のとおり、まさに伊豆であって、伊豆は静岡県に所属する地域にほかならない。

しかし、なぜこの伊豆半島に沿って南に向かって点在する伊豆七島が東京都に属するかというと、明治時代になって静岡県に編入されていたものの、島民たちの東京へ帰属したいという嘆願もあり、さしたる生産手段をもたない静岡県がこれらの隔絶した島々の保持に費やす予算にこと欠いて島々を放棄し、東京へ所属させることに甘んじてしまった。

現代になって、それを悔いた静岡県が改めて伊豆七島の返還を求めたことがあるようだが、東京はそれに怨《えん》ずることなく、せっかく手に入れたこれらの宝石の島々を東京都下に抱えて保全している。

私は参議院議員から衆議院議員に転じて、東京に居を構え選挙区を選ぶ時に躊躇《ちゅうちょ》することなく、私の愛してやまない素晴らしい海の上に連なるこれらの島々を含む、中選挙区時代のかつての東京都第二区を選んだものだ。

私の親友だった中川一郎が、応援に出向いた私に、

「俺の選挙区は日本で一番大きいのだ」

と自慢したことがあるが、私はそれを笑止として、

「私の選挙区こそ東京から南に千キロ以上も伸びる伊豆七島を含んだ、小笠原も含めた広大なもので日本一の選挙区なのだ」

と言い返し、中川一郎もそれを聞いて顔色がなかった。

俗に伊豆七島といわれる島々が正確にどれらの七つの島かということを知る人はわりに少なくて、伊豆半島の中頃に位置する稲取《いなとり》の町の間近な沖合に位置する伊豆の大島《おおしま》から始まって、その南の利島《としま》、そしてその南の新島《にいじま》、そのやや西南東に存在する神津島《こうづしま》、さらに晴れた日には新島の南に遠望出来る三宅島《みやけじま》、さらに南の御蔵島《みくらじま》、そして八丈《はちじょう》という島々がいわゆる伊豆七島に属するのだが、私が愛してやまない式《しき》

次ページ
初島（はつしま）、大島（おおしま）、式根島（しきねじま）、三宅島（みやけじま）など伊豆諸島の航跡図。ヨットレースの航跡を記録した航跡図は額装し、著者の逗子(ずし)邸の玄関ホールに飾られた。（二〇一四年五月）

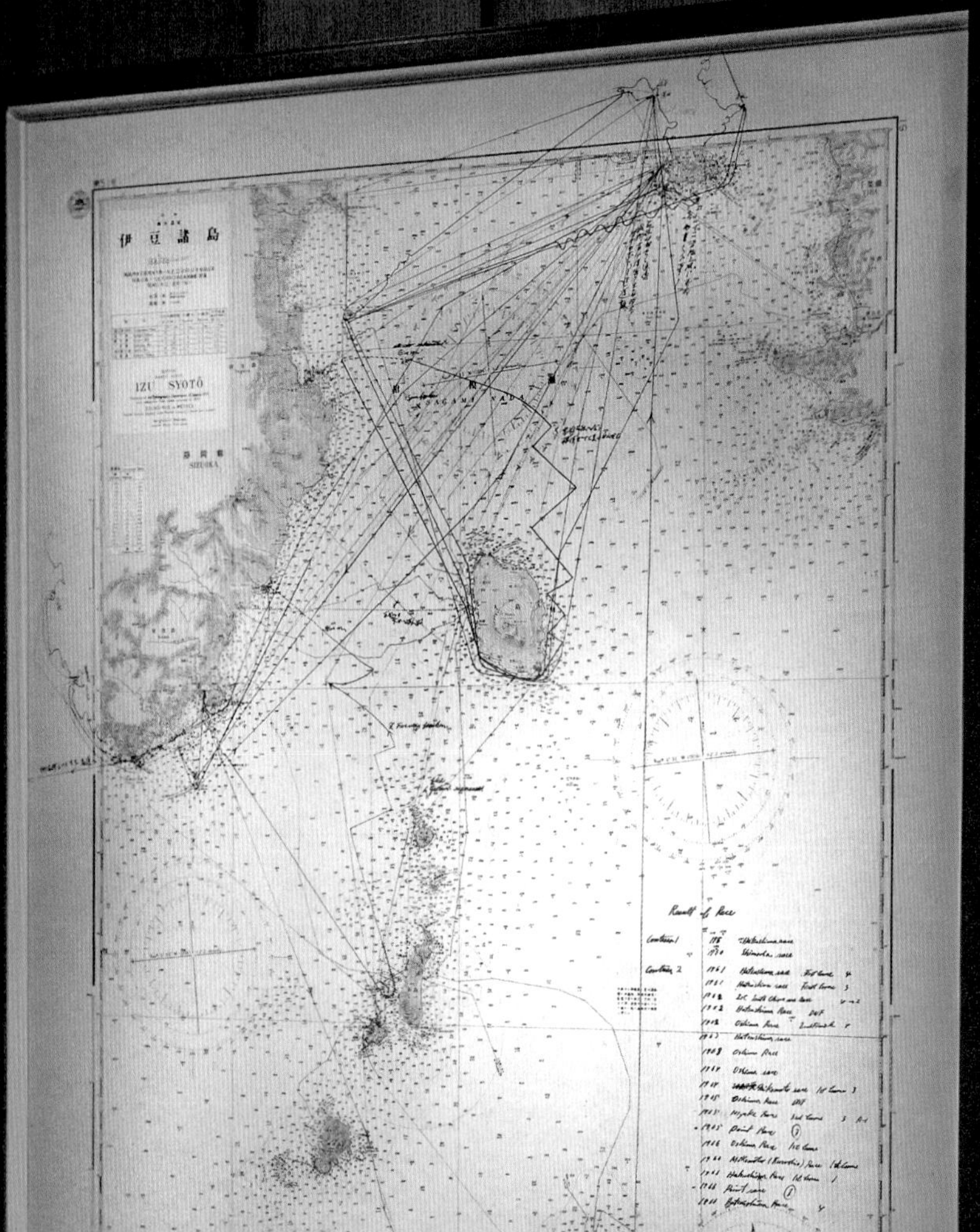
伊豆諸島
IZU SYOTŌ
SAGAMI NADA
SHIZUOKA
Result of Race
No 51

根島《ねじま》は、実は伊豆七島には含まれていない。

この式根という島は、小さいながら見事な変化に富む島で、式根が暗示するように伊豆の七島それぞれの島は、その地形、景観も全く異なる島々で、その中で式根島は小体《こてい》ながらさまざまな変化に富む、喩《たと》えようもなく美しく愛らしい島だ。

誰しもが知るように日本列島はアラスカに発して南下する世界最大のファイアリング、火山帯の上に存在する国土で、火山帯は日本で分岐し、ひとつは伊豆七島を経て南のマリアナ諸島まで連なる長大な火山帯、そしてもうひとつは富士山を経て、沖縄からさらに南下しフィリピンに至る火山帯だ。それを証《あか》すようにフィリピンでは火山活動がいまだに活発で、ピナツボ山やタガイタイのタール山を含めていくつかの火山が時折爆発し、大きな災害をもたらしているが、それにつづく沖縄でもなお温泉が湧いている。知る人はほとんどいまいが、その温泉は石垣島の間近にある、これも小体な美しい竹富島《たけとみじま》の船着き場間近の海底に湧いていて、潜ってみるとどういうわけか、その温泉を慕って珍しい大きな魚たちが集まっているものだ。

前ページ
「65年大島レースで嵐の中の門脇（かどわき）岬を行くコンテッサ2世。我々はすべての他の艇を大島までリードしていた。しかし荒天（こうてん）のため、レースは中止になった」という一文を英語で記してある写真。一九六五年の大島レースでのタフなコンテッサ二世。

日本列島で分岐して南に伸びる火山帯の上にある伊豆七島は、太古の火山活動によってできあがった島々で、どの島にも温泉が湧いているし、複雑怪奇な火山活動で生まれた島はどれもが全く異なる景観を備えてい、大島も三原山という七百五十八メートルの火山を備えた七島の中で最大の島だし、かつてはこの三原山が大爆発を起こし、当時の中曽根首相の命令で町長以下数人の島の幹部を残しただけで、島民全部が東京に避難したこともある。

さらに三宅島は、私が都知事になってまもなく大爆発を起こし、全島民が大島と同じように東京に避難してきたことがあった。この三宅島の火山も恐ろしいことに、二十年を周期に必ず爆発し、ある時は溶岩が西に流れて島最大の阿古《あこ》の町を襲い、いまだにその痕跡が、出来たばかりの体育館を貫いて固定してしまった溶岩のつくり出す怪奇な光景に象徴されている。

八丈島にも温泉は湧くし、八丈を過ぎて小笠原に至る途中のベヨネース（列岩）、須美寿島《すみすとう》という無人の岩礁《がんしょう》、あるいは以前、人も住んでいた気象の観測所のあった

次見開きページ
東京都新島村（にいじまむら）に属する式根島。美しい景観の泊湾（とまりわん）は、入り江の懐が深く、波おだやかな遠浅の海岸。

鳥島《とりしま》も爆発を起こし、住民は島から退避し今は無人となっているが、かつて島の間近の海底火山を調べに出向いた調査船が、海底の爆発に巻き込まれて全員が遭難したという悲劇まであった。

伊豆七島の島々で温泉が湧かぬ島はひとつもない。私が愛してやまないこの式根島にも二つの海中温泉が湧き出していて、これは素晴らしい島の魅力をつくり出している。

式根という島は、実はかつては間近に存在する、高い山を備えた新島の属島であって、大潮で潮が引いた時には、新島本島と式根の間の海峡は歩いても渡れるような地形だったそうな。ところが明治年間の初期に地震が起こって海底が陥没《かんぼつ》し、海峡をつくってしまったが、それでもその名残を留めて、新島と式根の間の海峡は非常に水深が浅く、特に新島寄りの海底は砂地が連なっていて、潮と風の加減では、とんでもない大きな波がこの海峡の新島側で立つことがある。

明治以来、新島から隔絶されてしまった式根島には、水が乏しく、私たちが初めて式根を訪れた頃には、島は雨を貯めた天水《てんすい》に頼るしかない水不足で、それでもなお親切な島の人たちは、水乞いにやってくる外来者たちに、惜しむことなく乏しい水を分け与えてくれたものだった。

式根島の魅力はさまざまあるが、なんといってもこの小体な島が他の伊豆の島々に比べて極めて平板で、かつまたリアス式と呼ぶのだろうか、島を周遊すると、入り込んだようないくつかのそれぞれ景観の違う多くの入り江を備えた、変化の魅力に富む島なのである。

島のいわば本港の野伏《のぶし》は、かろうじて連絡船を発着出来る懐の深い入り江だが、島の南側には漁船の溜まり場になっている式根島港という港がある。

野伏を北側にまわった島の北側に、泊《とまり》という水底は浅いが遠浅の入り江があり、その西には大浦、中の浦という泊地《はくち》もあり、中の浦の西側には神引《かんびき》という大きな入り江があって、それぞれ個性的な景観を備えた美しい入り江が連なっている。

さらに西側を進んで西の先端の唐人津城《とうじんづしろ》というポイントを過ぎて、島の南側にまわり込むと、御釜湾《みかま》というこれも懐の深い水底から温泉の湧いている入り江があり、その隣には、陸地から断崖を下りて行き着ける地鉈《じなた》という海中温泉が湧き出している。

この地鉈温泉は素晴らしいポイントで、数十メートルの断崖の細いつづらな危うい小道を下りていくと、岩場の間に、手の触れることの出来ないような熱い湯が湧き出している源泉があって、それがさらに海に流れ出していて、潮の干満に従って場所を選んで、私たちは自分の好きな温度の温泉に入ることが出来る。

なお素晴らしいのは、冬にここを訪れて温泉の中で地元の焼酎を飲みながら、これも新島の名産のひとつのくさやを焼いて齧《かじ》りつつ、沖合にかかる月を眺めながらする入浴は、人生の至福というよりほかにない。

この温泉の魅力は、グランドキャニオンにも似た長い絶壁の多い小道を経てたどりつく岩場の間の随所随所で、自分に見合った温度の温泉のスポットを選んで入浴を楽しみ、からだを温めたあと、細い入り江の沖に泳ぎ出していけることだ。冬で

左ページ
式根島の南側の海岸に湧き出す地鉈(じなた)温泉。鉈（なた）で切り裂いたような、岩場の鋭い谷間にある地鉈温泉は、高温の硫化鉄泉の源泉が、潮の干満で海水と入り混じり、湯温が調節される、野趣豊かな露天風呂。

も十分からだが温まったあとは、さらに季節外れの水泳を楽しむことも出来る。

私たちが初めてこの島を訪れたのはもう四十年以上も前のことだったが、野伏の港はまだまだ不整備で、天気図からいって次の日はたぶん強い北風が吹いて、油壺《あぶらつぼ》のホームポートへの帰路も難渋するだろうことはわかっていたが、この島の魅力が捨てがたく結局、思いきってさらに一泊したものだった。

そして予測どおり次の日、強い北風が吹きつける気象となって、三十六フィートながらコヴェントリーの、僅か八馬力という小さなエンジンしか備えていない当時の私のヨットは、港を出ることすら難渋したが、折から島の漁獲を築地の市場に届ける、茂平丸《もへいまる》という島の運搬船が出航しかかっていて、船長になんとか三浦半島近くまで、ヨットを曳航《えいこう》していくことを頼んだものだった。

それで運搬船に曳《ひ》かれて一旦港を出てみると、新島と式根の間の海峡はすさまじい海象《かいしょう》で、新島に近づいたあたりで、なぜか茂平丸は動きを止め船長が、呻《うめ》きながら曳航されている私たちのヨットを見かねて、

「とにかく、出来る限りの人間が本船に移れ」

と命令してき、ヨットに残るのは限られた舵《かじ》引き士だけとして、残りのクルーは、舷《げん》を接した茂平丸に這い上がって移動したものだった。その時、間近に遭う新島の山の肌を吹き下りてくる突風の、山の茂みをかき分けてせまってくるその風の姿に私たちは肝を冷やしたものだ。

そのあと大島になんとか近づくまで、本船に移ったクルーたちの報告だと、後ろを眺めながら舵をとる本船の船長が、曳かれているヨットが激しく傾いて、また船首を持ち上げる度に、そのまま横転し転覆するのではないかと声を上げて心配していたそうだが、それにしてもヨットというのはなんと腰の強いものだと、改めて海のベテランが感心していたそうな。

そしてその途中、激しいピッチングで圧のかかっていたギャレー（船のキッチン）用のボンベが突然爆発した。たまたまそれは私が足を伸ばしていたコックピットの木の蓋の下の小さな倉庫にしまわれていたが、爆発でその蓋は吹っ飛び、キャビン

次見開きページ
標高九十九メートルの神引山（かんびきやま）の展望台から望む雄壮な絶景は、「新東京百景」のひとつ。
式根島の西側に位置する入り江は、手前から神引浦（かんびきうら）と中の浦。
式根島の海の向こうに見える島々は、右から大きく横たわる新島、その左が無人島の鵜渡根島（うどねじま）。その左手前は平たい無人島の地内島（じないじま）、その左奥が円錐状の利島（としま）。利島と鵜渡根島の間に、うっすら大島が見える。

からコックピットに出るドッグハウスの階段にもたれていたクルーのひとりが、ドッグハウスの階段ごと爆発で吹き飛ばされ、キャビンの奥の寝床に叩きつけられたのだった。

そして、親切にも私たちのヨットを曳いてくれていた茂平丸はなぜか突然、大島の波浮《はぶ》の港の入り口で動きを止め、船長が、

「このままで行くとこの船の速度からいって、明日の河岸《かし》の競りに間に合わせて荷物が届かないので、一旦曳航を打ち切る。おまえたちはこの波浮で一泊してホームポートへ帰れ」

ということで、私たちは感謝してお金も払い、ほうほうのていで港に逃げ込んだものだった。

その時の私自身の心身の疲労はいまだに忘れられないが、からだから力が抜け切ったような虚脱に近いなんとも言えぬ疲労感で、まだ四十にもならぬくせにこの心身共の疲労感の中で、私は改めて自分の年齢を考えさせられたものだった。

という思い出までを、式根という美しい島は思い返させてくれる。そういう意味でも私にとっては、替えがたいいろいろな思い出が重なって、愛してやまぬ島なのだ。

絶海に聳《そび》える孤《こ》岩《がん》の群《む》れ　三本岳《さんぼんだけ》

日本列島はアラスカから南下し、日本で分岐して西側はフィリピンに至り、東側は伊豆七島を経て遥かマリアナ諸島に届く、世界最大の火山帯の上にある。そのせいで地上でもまた水中でも火山活動は活発で、現に私の住む東京でもボーリング技術の進んだ今日では、僅かな金で千五百メートルもボーリングすると簡単に温泉が湧いてくる。

私が以前所属していた二子玉川《ふたこたまがわ》のスポーツクラブでは、その他の活動に必要な地下水を掘り当てようとボーリングしたのだが、案に違《たが》えて温泉が湧き出し、それを活用してスパを開いたところ大繁盛で、今ではスポーツ目当てのメンバーを遥かに上まわる観光客がバスに乗って来るという始末だ。

これは嬉しいようで実は恐ろしい話で、そうした人間の目の届かぬ地下の大きな地球の動きがもたらした所産だろう。日本の周辺の海には至る所に、なんでここにこんなものがあるのかと目を疑いたくなるような、島と呼ぶには小さいが、しかし巨大な岩が突出、点在している。私がたしなむヨットレースやあるいはスクーバダ

前見開きページ
絶海の孤島、三本岳（さんぼんだけ）。伊豆諸島にある東京都の無人島、大野原島（おおのはらじま）の別名である。

イビングでは、少なくともスクーバダイビングにとっては格好のポイントではあるが、先を急ぐヨットレースにとっては、とんでもない危険な障害となる孤岩が数多くある。手近な関東周辺の海に限らず、私がダイビングも行う常夏の沖縄でも同じような巨大な孤岩があちこちにある。

例えば、私が愛してやまない久米島《くめじま》という非常に奇妙な地形の魅力に富んだ島にも、その南側にトンバラと呼ばれる高さ六十メートルの孤岩が屹立《きつりつ》していて、水中の地形からしても、ほかの水域では見られぬ大きな回遊魚《かいゆうぎょ》がしばしば姿を現わす。なぜかこうした大きな孤岩は、沖縄の方言でトンバラと呼ばれていて、これも私がよく行く慶良間《けらま》諸島の慶留間《げるま》と座間味《ざまみ》という代表的な島の間の海峡のはずれに、ゴリラの頭に似た孤岩が聳《そび》えていて、それもトンバラ、そして別名、男岩とも呼ばれている。いつかそこで、私がダイビングを教えた親しい仲間ふたりを伴って潜っていた時に、大きな雌を三匹も従えた畳一畳に近い通称、カッポレ（活惚）といわれるヒラアジ（平鰺）に出会ったものだった。

次見開きページ
東京都伊豆諸島の三宅島（みやけじま）から、船で向かうと海原に現れる孤岩群、三本岳。黒潮の流れが速い、この貴重なダイビングスポットは、ベテランダイバーにとっても憧れの秘境。回遊魚（かいゆうぎょ）の魚影が濃く、大物が釣れる絶好の釣り場でもある。

人間たちに奇っ怪な印象を与えるそうした孤岩は、海中を徘徊する魚たちにとってもどんな意味合いがあるのかわからぬが、孤岩の近くでダイビングをしていると、思わぬ相手に遭遇することが多々ある。ダイバーにとってはこうした魅力を備えた孤岩ではあるが、ヨットレースで試合をして走る者たちには、往々そうした孤岩は危険な存在になりかねない。

私が日本外洋帆走《はんそう》協会の会長をしている時に、年間を通じて一番人気の参加艇の多い鳥羽《とば》から三崎《みさき》を目指す鳥羽パールレースが、ただ日本の沿岸を沿って走るだけの、彼らにとっては歩行者天国のようなレースでしかなかったので、関西にはあまり見かけぬ絶海の孤島を巡るレースに切り替えて、一時は神津島《こうづしま》をまわるコースに変更したことがある。神津島のまわりには恩馳《おんばせ》という巨大な孤岩があり、かつまた東南端には祇苗《ただなえ》というこれまた大きな岩が聳えている。初心者には厄介で恐ろしい存在だろうが、手だれの者たちにとってはそうした危険もレースの大きな魅力になって、特にそのような海域を持たぬ関西のレーサーたちに人気を得たものだった。

左ページ
海原に突き立つ巨大な岩は、見る角度と時によって刻々と様相を変える。

今では多少コースは変わって、伊豆七島のひとつ利島《としま》をまわるコースに変更されたが、いずれにしろ伊豆七島は島そのものが絶海に孤立した孤独な危険をちりばめた存在だし、日本の国土が誕生した時の、地球の太古の活動の結果が周囲にそうした孤岩を従えた島を多くつくり出した。

三本岳《さんぼんだけ》もそのひとつで、この孤岩群は三宅島《みやけじま》の最大の集落、阿古《あこ》の町の沖合十数キロに聳えている。私自身も思いがけぬかたちでこの孤岩の存在に脅かされたことがある。

何度目かの八丈《はちじょう》レースでなんとか八丈島を回航し、参加艇のトップをきって北上して、ゴールを目指している途中、夜間、バース（キャビンの寝台）で寝ていた私をクルーが叩き起こしたものだ。曰《いわ》く、なんと思いがけず我々の前方に、先行するほかのヨットが見えると。そんなバカなと思って起き上がり、デッキに出て目を凝らしたら、確かに目の前に夜目にもはっきりと三角のヨットの帆が見えた。さらに目を凝らし確かめたら、なんとそれはヨットの主帆《しゅはん》に似た三角形の大きな岩だった。

そこで初めて、噂に聞く三本岳という岩の存在を思い出し、かろうじてそれをかわしたものだったが、レースで先を急ぎ焦る者たちの目には、あの三本岳の岩のひとつは、確かにヨットの帆に見えかねない。

というわけで、スクーバダイビングを始めたのちに、あの時の経験の忌々《いまいま》しさを思い起こしながら、仲間のパワーボートで出かけてみたが、三本岳なる孤岩はその名のとおり三つの大きな孤岩の立つ大暗礁《だいあんしょう》で、三つの岩の間は外側に比べると水深も浅く、潮の具合で美味な魚のひとつ、タカベ（鰖）が群れで寄りつく格好の漁場だそうな。島の漁師に聞けば、時おり日本の近海では滅多に見られぬ最も危険な鮫のひとつホオジロザメ（頬白鮫）も姿を現わすという。私も今まで何度か三本岳で潜りはしたが、残念ながら、恐怖のジョーズなるホオジロに出会うことは幸いにしてなかった。

なお三宅島の漁師に聞くと、三宅島の南西数十キロの絶海に藺難波《いなんば》と呼ばれる孤岩があるそうな。そこも漁師に言わせれば、豊饒な漁場のひとつではあるけれども、

次見開きページ
三宅島の沖の絶海に聳（そび）え立つ三本岳の迫力。
大きな岩のシルエットは、まさにヨットの帆のごとく目に映る。

極めて恐ろしく危うい海域で、特に時化《しけ》の時には藺難波の岩は吼《ほ》えるとさえいう。

ある時、仲間の七十フィートもあるパワーボートを借りて、出かけてみたが、折から強い南西の風が吹いてい、岩に当たる波の轟《とどろ》きと、岩を切る風の音が合わさって、まさに藺難波の岩は吼えていた。あれはなんとも壮絶な、滅多に見られぬ景観で、あの三宅の島からかくも離れた絶海にこんなに大きな岩が屹立しているということに、改めて感動させられた。

三本岳といえば、三宅島はかつて大奥の女中、江島《えじま》と人目をかいくぐって不倫の恋をした歌舞伎役者の生島《いくしま》が流された島だが、当時の状況からして、船を仕立てて間近に眺めることもなかっただろう三本岳を、晴れた日に三宅の本島から眺めながら、何を感じたことだろうか。

いずれにしろ、こうした孤岩は紛れもない陸のひとつであり、かつまた絶対に人の住むことのない、確固とした存在にほかならないが、私は折節に自分の趣味の楽しみを叶えながら、こうした孤岩を眺め、あるいは水中で直に手に触れながら、私たちの住む地球というものの不思議さ、そして日本という国土の味わいの深さを感じている。

越すに越されぬ爪木崎

つめきざき

人は誰でも旅をする時、先を急ぐものだ。海を行く者にしても同じことだ。
近代に至って航海のための機器が発達はしても、漁師のような海に慣れ親しんだ者たちでも、目に見える陸地を頼りに船を進めるものだが、日本のように火山活動でできあがった国土の海岸線はけっして平たんなものではなしに、複雑に屈曲していて、至る所に大小無数の岬が飛び出して美しく、しかもそのまわりは危険な暗礁《あんしょう》にこと欠かない。

私たちのようなヨットレースなどという道楽で海を行き来している輩《やから》にとっては、航海の途中にぶつかるいくつもの岬や、厄介な障害があって、その先に広い心休まる海が開けているとわかっていればいるほど、岬の回航は苦労なのだ。そしておおかた岬には強い潮の流れが当たって、風だけが頼りなヨットは泣かされる。

昔はタフなヨット乗りたちにとって垂涎《すいぜん》の危険極まりなかった八丈島《はちじょうじま》をまわるレースでの、最初の難所である八丈島本島と、昔は性質《たち》の悪い囚人《しゅうじん》のさらに流刑地だった八丈小島の間の強烈な潮の流れのある海峡をなんとか抜けて、いよいよ帰路に

八十八ページ
神奈川県の、通称剣埼（けんざき）灯台の名で知られる、劔埼（つるぎさき）灯台。

前見開きページ
海峡を挟んで、八丈島（はちじょうじま）から眺められる八丈小島は、強い波浪（はろう）による急斜面の海食崖（かいしょくがい）に囲まれている。八丈島と八丈小島は東京都の伊豆諸島に属する。

かかろうと、船の向きを変えて本島に沿って進もうとすると、その行く手に小岩戸《こいわど》の鼻（小岩戸《こいわど》ヶ鼻《がはな》）と石積《いしづみ》の鼻（石積《いしづみ》ヶ鼻《がはな》）という厄介な岬が待ち受けていて、これを越すのがさらなる大仕事だった。

いずれにしろ、その前の八丈小島との間の海峡突破は強い潮の流れがつくる三角波があって、船の行く方を阻《はば》む、見るからに恐ろしい難所だった。

八丈小島という流刑地は、アメリカのサンフランシスコ沖の有名な監獄島アルカトラズに似ている。八丈小島という業苦《ごうく》の監獄から抜け出そうと、間近に見える本島に向かって、海を泳いで逃げ戻ろうとした囚人たちは、アルカトラズに似て誰ひとり生きては戻れなかったといわれるくらい厄介な海峡だ。

何度目かの八丈レースの時に、私は天気図を調べ、あらかじめの時化《しけ》に備えて、かかりつけの鍼《はり》の名医に船酔い止めの置き鍼を手首のツボに打ってもらって出かけたのだが、これが見事に功を奏して、大時化の中でクルーの全員がグロッキーになってキャビンの中で伸びている中で、私だけが海峡突破のための五時間にわたる舵《かじ》

次見開きページ
八丈島をまわるヨットレースの難所である、八丈島の二つの岬。奥が小岩戸ヶ鼻（こいわどがはな）、手前が石積ヶ鼻（いしづみがはな）。

をひとりで引いたものだった。その最中にひとりのタフなクルーが昨夜の食べ残しのシチューを入れ混ぜてのポタージュを差し入れてくれたが、その男も荒涼とした海峡の光景に恐れをなして、たちまち引っ込んでしまった。

そしてなんとか海峡を突破し本島にたどりついて、本島に沿っての回航でいよいよホームポートを目指そうという段になって、前述のようにさらに小岩戸の鼻と、もうひとつ石積の鼻という厄介な岬が待ち受けていて、特に最後の難所の石積の鼻の向かい潮の強さは強烈で、風を摑《つか》んでなんとか鼻を越せると思っていると、あっけなく潮に押し戻されてしまう。あとからついてくる他艇を引き離そうとすれば、相当な無駄を覚悟で潮をかわして遥か沖合をまわるというはめにもなる。

得てしてどこにあっても岬というのは油断ならぬ海の罠で、これに嵌《はま》ってしまってあせると、命にもかかわるということになりかねない。故にも、日本全国あちこちに難所の岬に関しての言い伝えがある。

生まれて初めてのヨットでの西行で、真珠で有名な英虞《あご》湾を訪れた時、紀伊半島の先端の大王崎《だいおうざき》をまわって布施田《ふせだ》の水道を抜けようとしたら、かねて聞かされていた水路の危うさには驚かされたものだった。あちこちに浅瀬の多い布施田の水道には、浅瀬を縫って進むために浅瀬を示すブイが打たれているが、海が時化ると風と波の力でそのブイが流されて、とんでもないところに留まってしまい、そんなブイをあてにして進む船が往々進路を誤って浅瀬に座礁《ざしょう》してしまうという。実際に私たちが布施田の水道を飛ばした時、見張りを船首《バウ》（bow）に立てて進んで行ったが、あちこちに座礁したままの船の残骸が不気味な音をたてているのには驚かされた。

のちに政治家になって知己《ちき》を得た地元出身の政治家の田村元《はじめ》氏から、地元の漁師たちが大王崎の先の布施田の水道について語る言い伝えを聞かされて、たいそう印象深かった。曰《いわ》く、

伊勢の神崎《こうざき》　国崎《くにざき》の鎧《よろい》　波切大王《なきりだいおう》なけりゃいい

次見開きページ
剣崎の名で親しまれ、正式には剱崎と称されるようになった神奈川県三浦半島のこの岬は、東京湾の浦賀水道の海峡線上にあたる航路の要所。灯台のある崖下に岩礁（がんしょう）が連なる。

だそうで、むべなるかなと思わされた。

思い返してみれば、我々のフランチャイズの関東水域にもそれに匹敵する岬を構えた難所がいくつもあるのだから、紀州の言い伝えに対抗して、私なりに考えたものだった。曰く、

吼《ほ》える剣崎《けんざき》　断崖石廊《いろう》　越すに越されぬ爪木崎《つめきざき》

剣崎《けんざき》（剱崎《つるぎさき》）は真下に浅場の暗礁をちりばめた難所で、風の強さでも知られている。

断崖石廊の石廊は関東水域に入る手前の伊豆半島の門神《もんしん》のような存在で、そそり立つ七十メートルの断崖の上には、洞窟に祀《たてまつ》られた有名な神社もあり、昔、不倫の恋を始末するために、どこかの大学教授が奥さんなり愛人を突き落として殺したという断崖が聳《そび》え立っている。

そこを過ぎれば十キロほど先の伊豆半島の南東端の爪木崎まで、数えきれぬほど

の暗礁をちりばめた水路がつづいていて、前述の神《み》子《こ》元《もと》島《じま》についても記したように、本船は必ず、そこを避けて神子元島を南にかわして、難所の水路を過ぎる。
おそらく日本中に無数に近くある大小の岬に関わる噂を知る者にとっては、身に沁みる挿話があるに違いない。
いずれにせよ、海を愛する者たちにとって、魅力の源のひとつは、旅を急ぐ者たちの行く手を阻む、危険をはらんだいくつかの岬に違いない。

次見開きページ
静岡県伊豆半島の南端に険しく切り立つ石廊崎（いろうざき）。岩礁で座礁（ざしょう）する船が多いため石廊埼（いろうざき）灯台の歴史は古い。「日本の灯台五〇選」の一基。灯台の左下の断崖に石室（いろう）神社の社殿、岬の突端に熊野神社がある。

一〇五ページ
爪木崎（つめきざき）は静岡県伊豆半島の南東端に位置する。暗礁（あんしょう）がつづく危険な海での航行を守る爪木埼（つめきさき）灯台。

吼《ほ》える剣《けん》崎《ざき》　断崖石《い》廊《ろう》
越すに越されぬ爪《つめ》木《き》崎《ざき》
慎太郎

235-48732

秘宝の南島《みなみじま》

小笠原の南島《みなみじま》の存在をいったいなんに喩《たと》えればいいのだろうか。これはまさに地球の上に存在する特別の小宇宙としか言いようがない。その美しさというのは、平凡な言いようだがまさに筆舌に尽しがたい。

特に私の場合にはこの島に上陸する前に、生まれて初めての小笠原の海ならではの経験をさせられたものだった。それはまさに南島という奇跡の小宇宙に巡り合う前の、驚きにふさわしい序曲だったと言える。

私を南島に案内してくれたのは、小笠原の父島のダイバーである光神丸《こうしんまる》の山田君だった。南島に向かう前にその近くにある大きな岩の前で船を止め、あらかじめその岩の水底の模様について説明してくれたものだ。ここはかなり大きなハタ（羽太）たちの隠れている穴場で、水深十五メートルほどの水底に、この岩を突き抜けるトンネルがあって、さらにそのトンネルの途中に左に折れる脇道があるということで、私はヨットのクルーのボースン（甲板長）格の石川というしたたかな船乗りと、これまたのちに湘南《しょうなん》の海で密漁専門のしたたかなダイバーになったAを伴って潜った。

一〇六ページ
著者のコンテッサを愛する海の仲間たち。コンテッサ十三世にて。右から。クルー歴は半世紀を超え、共に湘南（しょうなん）で道楽を極めたと著者が語る、コンテッサ十三世の共同オーナーでもある鈴木陸三氏。その左、舵（かじ）をとるベテランクルー内藤清朗氏。その前に立ち進路を見極める白い帽子が、十数名のクルーを束ねるヨットマネージャーも務める浅野英彦氏。

山田君があらかじめ言っていたとおり、十五メートルほどの水底にぽっかり大きなトンネルの口が開いていて、そこへ入ろうとした私たちの気配に驚いて、トンネルの入り口に隠れていたかなり大きな一メートル近いハタが慌ててトンネルの奥に逃げ込んで行った。

そしてトンネルに潜ってみるとその天井に、長さ五十センチを超すゴシキエビ（五色海老）がうずくまってい、山田君がそれを手で鷲摑《わしづか》みにして、角《つの》の長さを入れれば一メートルにも近い二匹のエビを腕に抱えるように手渡した。

さらに進んでいくと、彼が説明したとおりに、トンネルのまん中あたりに左に折れる脇道のトンネルがあって、その入り口から射し込む明かりに、かろうじて見える奥行き七、八メートルの横のトンネルがあった。その奥に向かって進もうとする私を山田君がからだで制して、身振りで穴の奥をよく見ろと教えてくれた。いったい何があるのかと目を凝らして見たら、その脇道のトンネルの奥の壁に、畳一畳を超す大きさの巨大なモロコ（石投《イシナギ》）が身を潜めて貼り付いていた。その化け物じみ

一〇八〜一〇九ページ
二〇一一年、世界遺産の自然遺産に登録された小笠原諸島は、東京都区部から南南東約千キロ、太平洋上の亜熱帯の海洋島。東京都小笠原村に属し、三十余りの島々から成る。
南島（みなみじま）は、小笠原最大の父島の南西沖にある、最高標高六十メートルの小さな無人島。上陸の入り口となる鮫池（さめいけ）。石灰岩の地質で出来た独特の鋭利な岩が地表に出ている。

次見開きページ
南島の南側にある鮫池は、ネムリザメ（ネムリブカ）が眠る、神秘的な色の湾。

たモロコは、さきほど入り口で私たちに驚いてトンネルを抜けて逃れたハタの気配に何を感じたのか、私たちに気づいて、息を凝らしながら自分に向かって近づくものの気配に身構えているのがわかった。

私はもしこの魚が私たちを逃れて外へ逃げようとするならば、この狭い脇道のトンネルを突進してクランクのメインのトンネルの出口か入り口に向かうに違いないと感じとった。そうなったならこの水底で、私は小型のトラックに正面衝突するような衝撃でこの巨大な魚にはね飛ばされ、からだをトンネルに打ちつけられ、へたをすればレギュレータが口から外れ、そのまま気を失って溺れかねまい。恐怖にかられて、なんのつもりでか手にしていた小さな手銛《てもり》を魚に向かって身構えたものだったが、何を勘違いしてか山田君がそんな私を懸命に引き止めようとして、腕を捉えて離さない。

彼は私が無謀にもその魚に向かって突進して何かをしかねないと驚いて、慌てて私を止めようとしたのが感じとられたので、私も身振りでそれを否《いな》んで、急いで外へ逃れようと彼を促した。山田君も私の意を察して頷き返し、私たちに従っていた石川とAが後ずさりしかけた時に、私は宙に浮いている何かが頭にぶつかるのを感じて振り返って見たら、脇道のトンネルの奥に潜む化け物の気配に恐れをなしたAが、預けていた二匹のゴシキエビを驚いて手放してしまい、エビたちはにわかに自由な身となったが逃れていいかわからず、水中にぼんやり漂っていたのだった。

獲物を逃がす惜しさに私は両手でエビを捕えて抱え、さっき行った脇道のトンネルを後ずさりし、クランクの左手の道とは逆側の出口に必死で逃れ、そのまま水面に浮上した時、私たちは全員レギュレータを外して声をたてて笑いあったものだった。それは化け物じみた巨大魚の恐怖から逃れた安心と恐怖から解放された満足の混じったわけのわからぬ笑い声だったと思う。

そしてそのあと、岩をひとまわりして元に戻り船にたどりついたが、山田君は改めて乱暴に私を抱きとめたわけについて釈明し、私はそんなバカなまねをするほどの愚か者ではないと言い訳し、笑いあった。そのまま抱えていたゴシキエビを船底

次見開きページ
南島を象徴する景観。扇状に広がる白い浜辺の先にある海蝕洞門（かいしょくどうもん）と扇池（おうぎいけ）。右手に見えるのが陰陽池（いんようけ）。東京都知事であった著者が二〇〇三年、東京都レンジャー制度の創設を表明。以来、南島の自然と環境の保護に努める都レンジャーによって、来島者は入島のルールを守っている。

に置いて船を巡らし、改めて南島に向かった。

南島の入り口の鮫池《さめいけ》は小口の極めて狭い水路で、私たちは船から滑り落ち、シュノーケリングで、ネムリザメ（眠鱶《ネムリブカ》）が密集しているという鮫池を目指したが、Aはさきほどの恐怖の余韻に縛られて頑なに鮫池に入ることを拒んで、私が叱りつけても船のコーミング（甲板のハッチの縁材）にしがみついて出てこようとしなかった。

鮫池は半径百メートルに満たぬ、おそらく昔の噴火口だったのだろう。そのあちこちにある岩の陰には名前のとおり、寄せあって身動きしないネムリザメたちが見えた。

岸壁にたどりつき、フリッパー（フィン）を外して上陸したが、事前に山田君に教えられたとおり、緑を抱えた丘の分水嶺に向かう道の途中には、裸足ではとても歩ききれぬ、先端が刃物のように鋭い不思議な形の亀裂を見せる岩がびっしりと敷き詰められてい、その間に、踏みしめるとハッカに似た高い香りを放つかわいらしい草が密集していた。

聞くところ、こうした地形はギリシャのクレタ島とここにしか存在しないそうで、その間を縫っての小径《こみち》を登り詰めると、分水嶺を越えた向こうに真っ白な砂を敷き詰めた浜が広がってい、その砂浜には死に絶えて化石になりつつある巻貝の遺殻がびっしりと敷き詰められていた。

その砂浜の向こうに島の西岸を塞ぐ断崖が城壁のように聳《そび》えてい、そのまん中に外海へ抜ける大きな穴を構えた岩のドームが聳え立っていた。

そして驚くことに、砂浜の右手の前方にはなんとどうして溜まったのか、淡水を湛えた浅い池があって、そこにだけ生息する珍しい水鳥が飛び交っていた。

私は息を呑む思いで、このなんとも不思議で無名の美しい風景に見入っていたものだ。もし自分が何かで眠らされてここに連れてこられ、ここで眠りから目を覚ましたならば、脇に立つ、巻貝の化石の殻をけっして持ち去ってはならぬという注意書きの立て札がないかぎり、私は地球以外の宇宙のどこかの別の惑星に連れてこられたと錯覚したに違いない。

この南島という宝石をちりばめたような、まさに秘境の存在は実際にこれを目にした者にしか理解を出来ぬ、人間の常識を超えた奇跡のような存在だと思う。

そしてのちのち数年して、再度、知事としてこの島を訪れた時、私はこの島の無残な荒廃に目を見張り、心からこみ上げてくる怒りを禁じることが出来なかった。この島の奇跡のような絶対的な価値を知らぬ旅行者たちが、案内されるままに上陸し、踏めば足も切れるような岩を靴で踏みしだき、岩を摩滅させ、その間に茂るあの不思議な草を踏みにじって、分水嶺に向かう小径の赤土があたりに撒き散らされ、神秘の宝石にも見えた島が荒廃しきっていた。

宝石のような島の荒廃した無残なありさまを見て私は激怒し、一方的に向う三年間、島への上陸を禁止させ、この間、自然の成りゆきにまかせての島の復元を願ったが、それではこと足りぬ思いで、ガラパゴスに出張視察してガラパゴスの自然の保全のシステムを参考にし、日本で初めての環境パトロールの制度を設置して、そうした監視員の配備で、南島の神秘なる美しさが保たれるように努めた。

右ページ
海につながる扇池の白砂の浜に遺る可憐な巻貝の化石。南島の貴重な自然は国の天然記念物に指定されている。

それから三年してようやく島も完全とまではいかぬが、なんとか復元にこぎつけ、改めて島への上陸を解禁し、そのついでに国の関係省庁、主に環境省と農水省の林野庁なる部門の責任者を集めて、島の観光の再出発の式典を行ったが、そこでも私は歯に衣着せずに、国の管理の杜撰《ずさん》さを難詰したものだ。

その時思いがけぬ副産物として、何度か訪れたことのあるスバルライン（富士山有料道路）を経ての富士山五合目周辺の景観の破壊を指摘し、山梨県のある県会議員が露骨に議員としての職掌《しょくしょう》を笠に着て、勝手気ままに自分の経営している土産物店を拡大増築し、場の雰囲気を破壊しているのを見逃している環境省の杜撰さを、現実の事例を挙げて指摘したら、それが引き金になって県の議会でその事実が問題になり、あげくその関係議員は非難されて失脚したそうな。

いずれにしろ国の行政なるものが自然の景観の保全に、いかに無関心で杜撰なものでしかないかということを、南島は大きな犠牲を払って証明したことになる。以後、笑止千万なことに島を管轄している林野庁は、観光する人たちがほとんど足を

左ページ
南島のシンボルである海蝕洞門と扇池。小笠原の鮮やかな海。

踏み入れることのない淡水の池を越えた島の北側半分を、自分たちの権限で監督保持するという提案をふっかけてきて、ていのいい責任回避をしたものだ。自然の景観というものに関して、感性を欠いた国の役人たちがいかに無神経でその責任を果たしてないかということをも、南島は証明したことになる。

南島に懲りて、私は三多摩の奥地の自然の景観を保全保持するためにも観光レンジャーの制度を設け、人員を募ってアルピニストの野口健君がこれを指導し、三多摩の奥地の美しい自然が阻害されないように活動を始めた。

いずれにしろ南島という宝石は多少傷つきはしたが、なんとか昔の姿を取り戻し、今ではごく限られた人たちの観賞に堪える姿に復元され、保持されている。

南島を眺めることの出来た人たちは、日本という自らの国土に、島全体が無類な宝石のような、こうした奇跡の島が存在することを知るに違いない。

左ページ
出航のため、コンテッサ十三世を海に下ろす。
葉山マリーナにて。

CONTESSA XIII

CONTESSA XIII

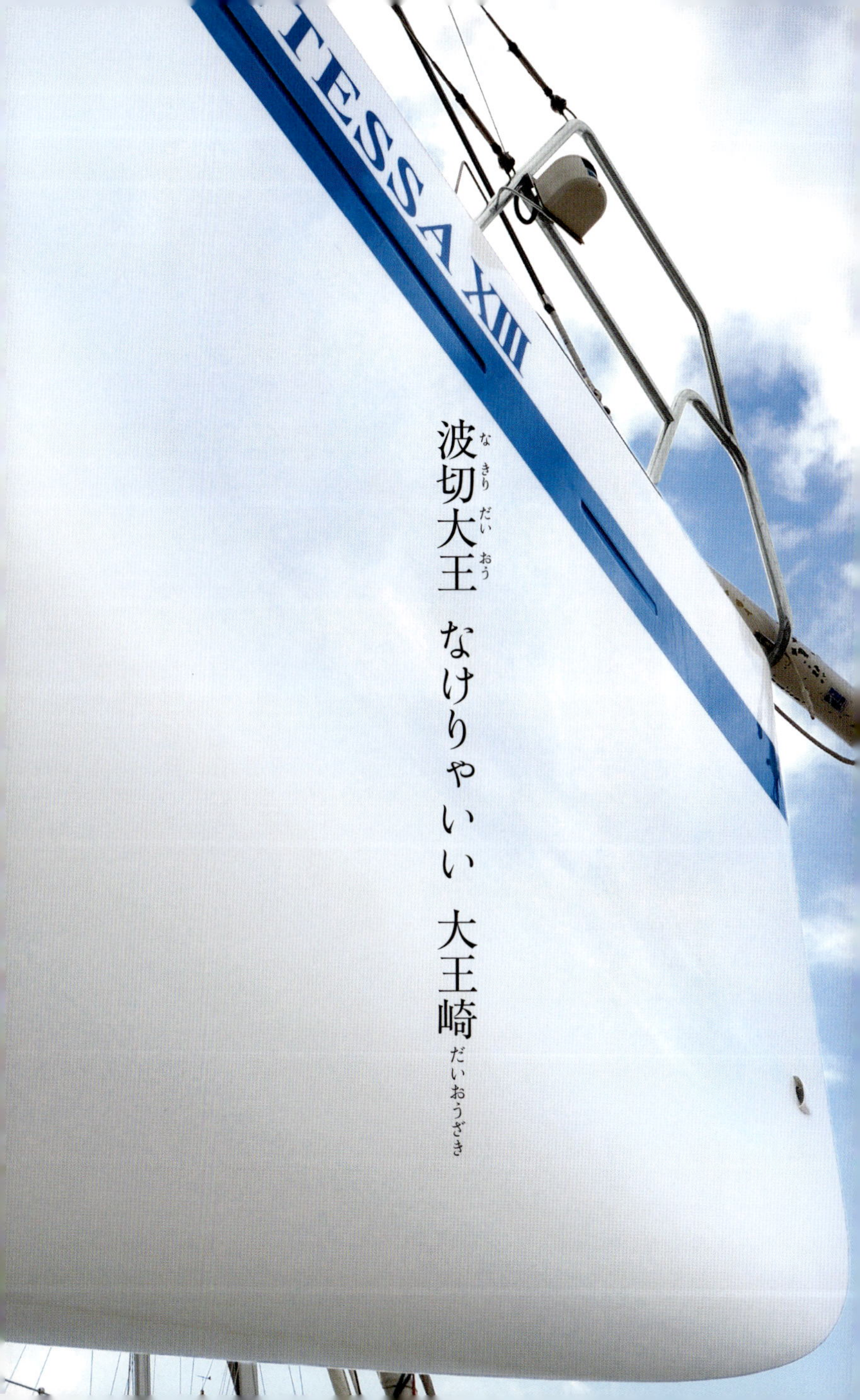

波《な》切《きり》大《だい》王《おう》 なけりゃいい 大王崎《だいおうざき》

私が本格的に外洋ヨットレースを始めた昭和二十年代の後半の頃には、外洋帆走《はんそう》用のヨットの性能も大きさもほどほどのもので、当時の最長のヨットレースは、三重県の鳥羽《とば》から三浦半島の三崎《みさき》に至るせいぜい二百数十キロのものでしかなかった。千数百キロの沖縄レースや小笠原からのレースが開設される遥か以前のことで、それでも、鳥羽から遠州灘《えんしゅうなだ》に沿って三浦三崎を目指すほとんど一直線の、今から思えば、たわいのない歩行者天国を走るようなレースも、私たちヨット乗りにとっては夢だった。

だから、最長のヨットレースの起点の鳥羽をさらに南にくだっての、紀伊半島の東岸の尾鷲《おわせ》とか、その先のいくつかのリアス式の入り江の多い海は憧れの的でもあった。

特に、雑誌やその他の写真で目にする日本最大の真珠の生産地である英虞《あご》湾は、その奥にあるテレビや映画の舞台にもたびたびなった志摩観光ホテルの存在も含めて、いわば憧れの地だったが、ある年の夏に意を決してクルーを集め、私のヨット

一二六ページ
三浦-伊東ヨットレースの翌日、葉山へ帰航するコンテッサ十三世の右舷（うげん）。（二〇一四年六月）

前ページ
四十フィートあるコンテッサ十三世のバウ（船首）。葉山マリーナにて。

左ページ
シート（セイルをコントロールするロープ）を巻き取るウィンチ。コンテッサ十三世。

の頼りになる仲間のひとり、のちには最初の太平洋横断レースのクルーとなって参加もしてくれた、同じレーサーの「マヤ」のオーナー、市川にも声をかけて、はるばる鳥羽から南にくだり、大王崎《だいおうざき》という、いわば私たちにとっての喜望峰《きぼうほう》を超えての長征《ちょうせい》に挑むことになった。

しかし調べてみると、大王崎をかわして、有名な英虞湾にたどりつくまでの手前にある、大王崎の先につながる布施田《ふせだ》の水道なるものは、ちょうど伊豆の石廊崎《いろうざき》から爪木崎《つめきざき》に似た浅場の暗礁《あんしょう》の多い厄介なレグ（区間）で、あちこちの暗礁を示すために打たれたブイが、時化《しけ》の時には簡単に錨《いかり》を引きずったまま流されてほかの浅瀬に流れつき、それをあてにして航路を決めて走った船が、おうおう浅瀬にのりあげて難破するという厄介な水道だそうな。

すでに述べたとおり、波切《なきり》の上に建つ大王崎の灯台は、必ずしもそうした暗礁の散らばった水道を照らしてくれるほどのものではなくて、地元の言い伝えでは、

「波切大王《なきりだいおう》なけりゃいい」

という言葉もあるくらいだった。

ということで、気を配りながら私たちは大王崎をかわし、布施田の水道にさしかかったのだが、聞いて教わっていたとおり、現地に赴く前に、水道を過ぎた時化が暗礁を示すブイのいくつかを波でさらって流してしまい、それを信じて行く手の航路を誤ったいくつかの漁船が浅瀬にのりあげて、波間にギシギシ不気味な音をたてているのを目にし、改めてぎょっとさせられた。

しかし見張りを立てて、なんとか布施田の水道を通り過ぎてたどりついた英虞湾は、聞いていたとおり、深い入り江の中に無数の真珠の養殖の筏《いかだ》が散らばった真珠の名所で、折しもその入り江に、おそらく外国人のバイヤーが真珠の買い付けのためにチャーターしたのだろう。飛んできた小型の飛行艇が着水し、客を乗せて奥のホテルに設けられた桟橋に向かって滑水《かっすい》して行くのを見て、まさに他の入り江とは違う英虞湾ならではの、どこか外国の風景にも似た光景に感心させられたものだった。

次見開きページ
三重県志摩半島の南東端、大王崎（だいおうざき）にある大王埼（だいおうざき）灯台。志摩市波切（なきり）にあるため、「波切の灯台」とも呼ばれる。「日本の灯台五〇選」の一基。布施田（ふせだ）水道をはじめ、岩礁（がんしょう）や暗礁（あんしょう）の多い海の難所を照らす。

そして、そのまま奥へ進んでホテルの下に舫《もや》いをとって、油壷《あぶらつぼ》を出てから数十時間目に、ホテルのレストランでまともな贅沢な食事をとった。

が、何よりも印象的だったのは、英虞湾に入る手前の海で、折からやってきた無数のブリ（鰤）の大群を目にして、慌ててヨットに備えていたケンケンという素朴な釣り道具で、高価な魚を仕留めようと思ったが、食いついてくる魚を上げようとしても、相手の方が大き過ぎて、掛かった針が小さ過ぎ、釣り上げかかった魚が針を外して水中に落ち込んでいくのに、切歯扼腕《せっしやくわん》したものだった。最後に引っ掛かった一匹をなんとかものにしようと、私はクルーに督励《とくれい》して、釣り上げる寸前の魚に船から飛び込んで抱きつかせて、なんとか仕留めた。

時ならぬ高級魚を釣り上げたが、それにしても生まれて初めて目にした思いがけぬブリの大群は、あの厄介な大王崎をかわして、憧れの英虞湾を目指してきた甲斐があったと、つくづく感じ入らせてくれたものだった。

それからまた南にくだって、隣の五ヶ所《ごかしょ》湾というさらに懐の深い入り江を探訪したのだが、その先の浜島《はまじま》という町で、あとからやってくるクルーと待ち合わせて、港につながる細い水路を抜けて浜島の港に舫いをとった。

そして上陸した私たちが、「石原一家」と背中に記した揃いの派手な法被《はっぴ》を着て、小さな町を練り歩いたために、翌日、それを聞いた思いがけぬ客が、ヨットを訪ねてやってきてくれた。聞いてみると、それは昔、父が重役をしていた山下汽船の船長を務めた老人で、当時盛んだった小樽の港に寄港した時に、父にご馳走になり、私の家にまで来て晩餐を共にしたことがあったそうな。

それを懐かしんで、昔の船長さんが、私に何か贈り物をしたいということで、彼が航海中に身につけていた古い、いかにもいわくのありそうな時計を掲げてやってきたが、船に乗り移る前に、乗っていたテンダーが、まさにその名前のとおり、ひっくり返ってしまって、船長が水に落ちてしまったために、時計は残念ながら役に立たないものになった。

ということで、くやしがった船長がその代わりにと、どこで仕入れたのか、大き

石原家
伯爵夫人号
NORC

なほら貝を持ってきてくれた。それは末端が切ってあって、そこに口をあてて吹くと、昔の山伏《やまぶし》が持ち歩いたラッパの代わりの貝として大きな音をたてて、私たちは代わる代わる楽しんだものだが、それに飽き足りなかった船長が、なんと、

「これは形の悪い品物だが、加工して、奥さんの指輪にでも使ってほしい」

と、小指の先ほどある、近くの海で獲れたいびつな真珠を持って来てくれた。

薄青味がかった真珠は、けっしてまんまるいものではないが、なんとなく野趣の横溢《おういつ》した、眺めて手にしても印象深いものだった。それを持ち帰って家内に渡したが、家内がそれをある時、ある人に見せたら、それはむしろまんまるい普通の真珠よりも価値のあるもので、ヨーロッパでは、そのいびつな、しかし形の大きな真珠のことを、「バロック」と呼んで愛好するそうな。それを聞いて家内は早速、その真珠を指輪に仕立てて身につけるようになったが、思いがけぬ高価な贈り物を、その船旅で得ることが出来たのは、たいそう印象的だった。

それからさらに南下して、いくつか英虞湾に並んだ細く奥深い入り江を訪れて、

右ページ
伯爵夫人号、すなわちコンテッサの法被（はっぴ）。Nippon Ocean Racing Club、日本外洋帆走協会NORCの文字もある。誂えた法被をクルーが揃ってまとった。

次見開きページ
楓の葉のようなリアス式海岸に囲まれた三重県志摩半島の五ヶ所湾（ごかしょわん）。鳥羽（とば）レースと呼ばれる、伝統の鳥羽パールレース第一回は一九六〇年。二〇〇四年第四十五回から、スタートが鳥羽から五ヶ所湾へと変わり、利島（としま）を経て江ノ島灯台付近がフィニッシュとなった。二〇〇六年第四十七回からはパールレースが正式名称になっている。

船旅を満喫して戻ってきたが、あの夏に、初めて試みた大王崎をかわしての紀伊半島の東岸への船旅は、いろいろな意味で印象深い、まさに初心のヨット乗りとしての私にとっては、思い返しても胸ときめくほど、物珍しく、楽しい船旅だった。

そして地元で聞いたところ、帰りの航海は、何もあの布施田の水道を逆行して大王崎をかわす必要もなく、実は英虞湾の奥深いある地点から、細長い半島を抜けて外海へ抜ける、ヨットなら抜けられる水路がつくられているそうで、早速、帰りにはそれを見つけて、私たちは布施田の水道の手前の外海へ抜けて、そのまま暗礁の散らばった布施田の水道に気遣いすることなく、沖合から大王崎を眺めてかわしながら、満ち足りた思いで、帰路に着くことが出来た。

今、思い返してみると、未経験の私たちがあえて行った大王崎をかわしての船旅は、初めて目にするいろいろな風物をちりばめて、青春のあの年を象徴する、何とも楽しい航海だった。

ということで、大王崎はあの航海のいわば、いささか大げさな言いようかもしれないが、あのアフリカの先端にある喜望峰に似て、初心のヨットマンにとって、初めて試みた冒険の航海の想い出のシンボルとして、いまだに忘れることが出来ない。

次見開きページ
パールレース（通称、鳥羽レース）で、利島を回航するコンテッサ十三世。この伝統の鳥羽レースではコンテッサ六世、十世がそれぞれ複数回のファースト・ホーム（着順一位）を果たしてきた。

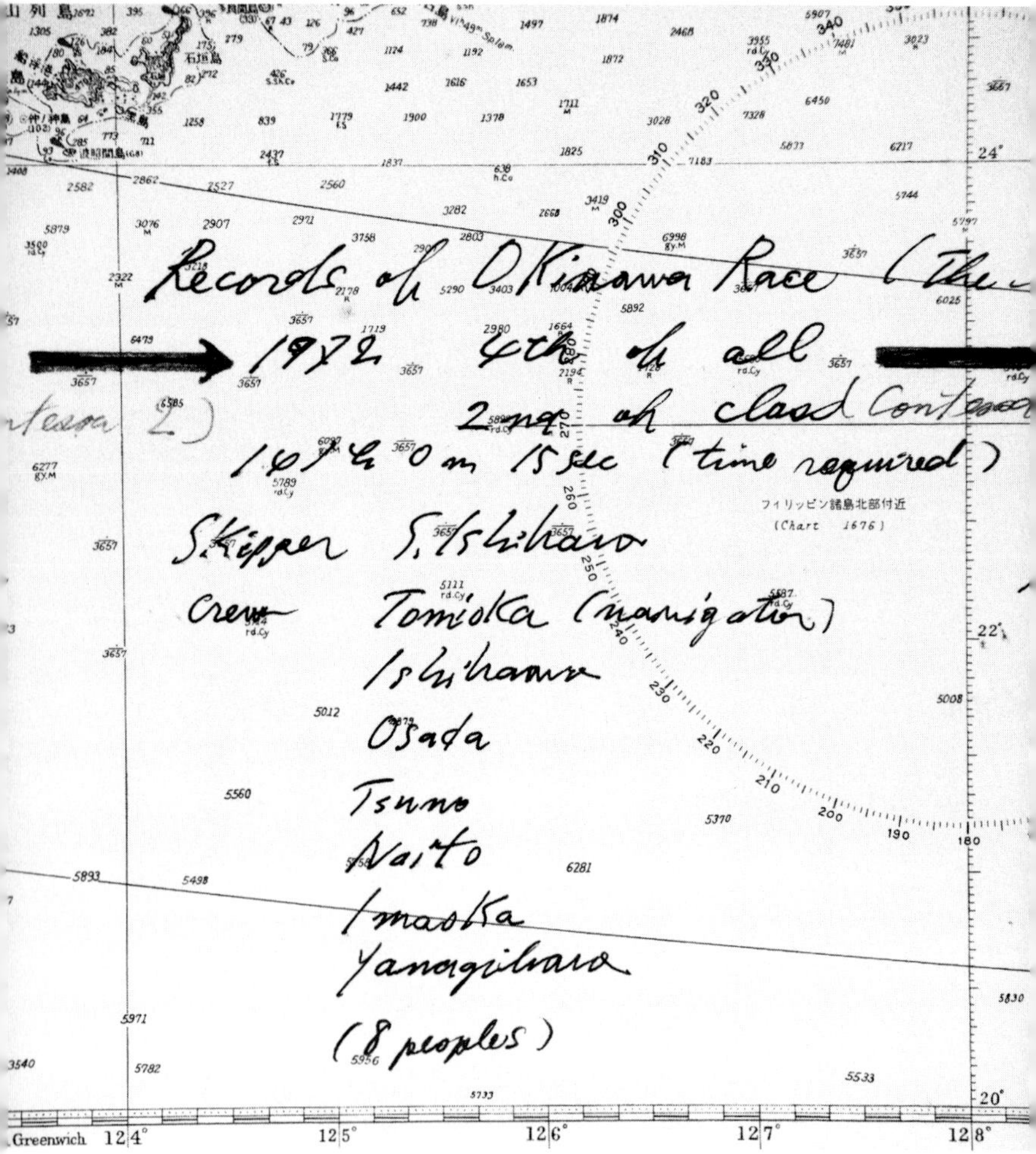
Records of Okinawa Race (The
1972 4th of all
2nd of class Contessa 2)
109 h 0 m 15 sec (time required)
Skipper S. Ishihara
Crew Tomioka (navigation)
Ishihara
Osada
Tsuno
Naito
Imaoka
Yanagihara
(8 peoples)
フィリッピン諸島北部付近
(Chart 1676)
Greenwich 124° 125° 126° 127° 128°
24° 22° 20°

秘境列島の吐噶喇《とから》

吐噶喇《とから》列島というのは、その名前の漢字の当て字からしても奇妙な列島で、いったいその名前の語源がどこからきたのか、さっぱりわからない。

地図の分別でいうと、奄美大島の群島から北上し九州に至るまで、その途中に観光で有名な大きな屋久島《やくしま》、さらにその北側の鹿児島県に属する硫黄島《いおうじま》、つまり俊寛《しゅんかん》の流刑で有名な鬼界ヶ島《きかいがしま》を含めて、大小二十二ほどの列島群があるが、正確に吐噶喇列島なるものにどの島が属し、どの島が属さないかよくわからない。

いずれにしろ私は二十年近く前、友だちの大きなパワーボートに便乗し奄美大島を発して、吐噶喇列島を巡遊しダイビングを楽しんだことがある。大まかに言って吐噶喇列島の発端は、奄美大島の北端近くにあるサンドン岩で、非常に潮目《しおめ》の強い、しかしそのせいでたくさんの魚が集まっているこの大きな岩礁《がんしょう》から、吐噶喇の旅を発したものだが、さらにその北側に横当島《よこあてじま》、そして宝島《たからじま》、小宝島《こだからじま》、悪石島《あくせきじま》、あるいは平島《たいらじま》、臥蛇島《がじゃじま》、小臥蛇《こがじゃ》、そしてかなり大きな諏訪之瀬島《すわのせじま》、中之島《なかのしま》、口之島《くちのしま》、といったとても美しい魅力のある島々がほぼ縦に並んでである。

一四四ページ
一九七二年、沖縄の本土復帰を記念して創設された沖縄レース。その航跡図。コンテッサ二世で参加した第一回。その後、コンテッサ六世で一九七六年と一九七八年にも参戦。大きな航跡図には「日本で最も長く、過酷なレース」と、著者による英文も記されている。スキッパー（艇長）の著者、クルー含め第一回の八名のメンバー。その中で内藤氏は現在もコンテッサ十三世のベテランクルーである。

左ページ
沖縄レースの航跡図。赤で引かれたラインが、一九七二年第一回でのコンテッサ二世の航跡。

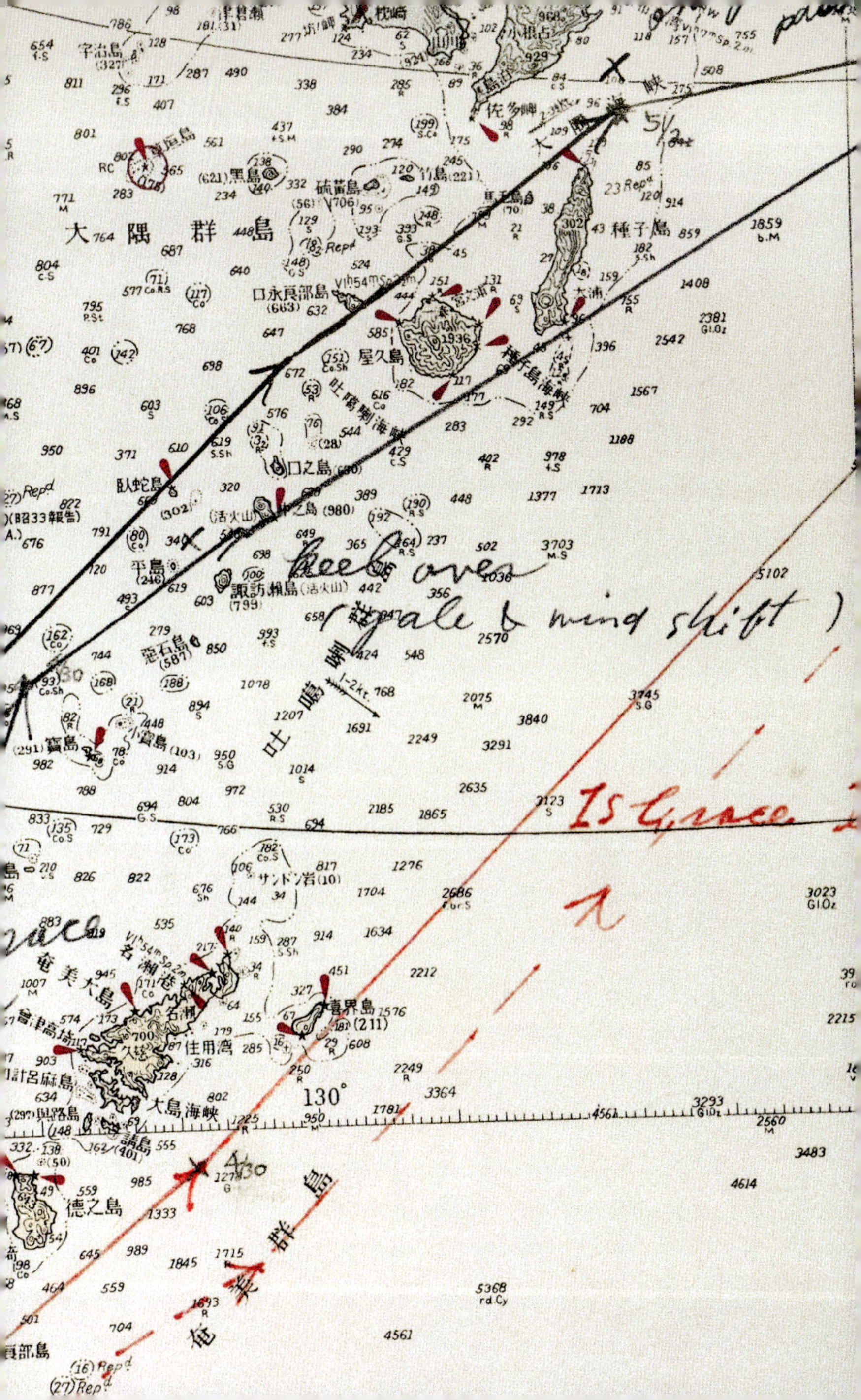

大隅群島
種子島
屋久島
口永良部島
竹島
硫黄島
黒島
馬毛島
佐多岬
枕崎
宇治島
吐噶喇海峡
種子島海峡
臥蛇島
口之島
中之島
平島
諏訪瀬島
悪石島
宝島
小宝島
サンドン岩
奄美大島
名瀬港
住用湾
喜界島
加計呂麻島
与路島
請島
大島海峡
徳之島
奄美群島
130°
keel over
(gale & wind shift)
Is Grace

そもそも私が吐噶喇列島なるものを身に沁みて体験したのは、昭和四十七年の沖縄の返還を記念して行われた、一回目の沖縄から三崎《みさき》を目指すヨットレースでのことだった。

潮汐図《ちょうせきず》を調べると一目瞭然だが、世界を一周して沖縄の付近で姿を現わし、そのまま北上し日本の近海を周遊する黒潮の強い流れが、吐噶喇列島に沿って北上し、九州の南端間近で東側に方向を転じ、日本の沿岸を洗ってさらに三陸沖で、これまた世界最大の潮流のひとつの親潮とぶつかって姿を消す。

その黒潮の流れが吐噶喇列島に沿って歴然としてあるのだが、ヨットレースという他艇に寸刻でも先《さき》んじてゴールインしようとしているヨットにとって、潮の流れはけっして無視出来ない。

そしてその潮の流れは、折々に水温計を海中に下ろして水温を計れば、船が黒潮に乗っているかいないかが歴然としてわかる。しかしなお海図を詳細に調べると、吐噶喇列島の島々の周辺には危険な暗礁《あんしょう》が点在していて、島そのものも灯台を備えているわけではなしに、夜間にはどの島かがなかなか識別しにくい。

ということで、どの船も出来るだけ早く危険極まりのない吐噶喇列島のどこかの島と島の間の海峡を抜けて、一旦太平洋に出てしまえば、そこから本土の三崎を目指すレグ（区間）の間には障害物は全くない。

私たちは一応、水温を計りながらも黒潮を捉え、それに便乗して先行を図ったが、折から周辺の気象状況からして強い南西の風が吹いていて、その追風《おいて》を利用すれば、船を操るのも比較的容易なことなので、誰しもが吐噶喇列島に沿って走る黒潮を利用することを敬遠して、太平洋に出たがった。目先の知れぬ難所つづきの吐噶喇列島を敬遠して、悪石島の近くで進路を東に変え、太平洋に出てしまったが、結局レースに優勝したしたたかなレース艇の名古屋のチタは刻一刻、海水の温度を計って巧みに黒潮を利用してこれに乗り、先行してファースト・ホームを果たし、優勝してしまったものだった。

私たちは陽が暮れる前に、まだ陽の光がある中ではあってもかなりの荒天《こうてん》の中、

次見開きページ
「これが本当の自分だから、一番好きな船上の写真」と著者が語る一九七二年第一回沖縄レース、三十九歳。吐噶喇列島（とからっとう）の難所を切り抜け、太平洋を航行中、強烈な追風（おいて）と十メートルを超える荒波で、舵（かじ）をとる。緊張と恐怖の「正直な姿」の表情。

悪石島を過ぎたあたりで、たまり兼ねて進路を変え太平洋に出て、その時、期待を込めてか遠くに認めた島影を、勝手に鬼界ヶ島と判断し、かつてそこで流刑の果てに孤独のうちに死んだ俊寛を思い出しながら、

「おーい、俊寛、俺たちは帰るぞ」

と叫んで、吹きつけるスコールの中、太平洋に躍り出たものだった。

しかし、それから数年後、友人のパワーボートを仕立てて、奄美から発して吐噶喇列島を巡り、中之島と口之島の間あたりの海でダイビングを楽しんだ航海の折に、チャートには全く出ていない大きな暗礁が点在するのを見て、肝を冷やした。夜間うっかりあのあたりを通過すれば、キールの深いヨットならば、あれらの浅瀬にのりあげて遭難もし兼ねない。

のちに運輸大臣を務めている時に、保安庁の水路部にその話をしたならば、専門家が私の懸念を、

「考えてみてください。普通の船乗りならば、誰があんな危険な水域に近づくもの

ですか。ヨット乗りなどという酔狂な連中ならばこその話ですが、少し海に慣れて常識のある船乗りたちは、漁船といえども、夜間にあの水域に近づくことは全くありませんからね」

と、一笑に付されたものだった。

いずれにしろ、そうした無名の暗礁を含めて、吐噶喇列島には素晴らしいダイビングスポットが点在していることを、パワーボートでの旅で、私は改めて認識させられたのだった。

それにしても横当島とか、宝島という名前ならばまだわかるが、蛇が臥《ふ》せた臥蛇島とか、悪石島などという奇妙な名前をいったい誰が発案してつけたものだろうか。

私たちはダイビング班と島の探訪班との二手に分かれて悪石島に上陸し、迎えてくれた島の長《おさ》に島中を案内してもらったものだが、名前は恐ろしい悪石でも、魅力のある風景に富んだ、住んでいる人たちの気持ちも優しい素晴らしい島だった。

興味があったのは、私がかつて『秘祭《ひさい》』という長編小説に仕立てた、沖縄に伝わ

次見開きページ
吐噶喇列島の悪石島(あくせきじま)。亜熱帯性の植物群が保護されており、島の各所に祀(まつ)られている神々の島でもある。毎夏、仮面神ボゼのボゼ祭が催される。
東シナ海海上にある吐噶喇列島は鹿児島県鹿児島郡十島村(としまむら)。最北の口之島(くちのしま)から横当島(よこあてじま)まで、有人の七島と無人島五つの島々が約百六十キロにわたってつづく。日本で最も南北に長い村といわれる。

るアカマタ・クロマタという、外者《そともの》、いわゆる「外《そと》なーんちゅ」などという観光客には一切目に触れさせない島独特の祭があって、柳田国男氏もこれについて記しているが、この限られた島民だけで行われる秘密の祭、アカマタ・クロマタという不思議な仮面衣裳をつけた神の化身がまかり通る祭の、実は余韻がこの悪石島にも届いていたことだ。島の長の案内で見せられた、彼らがボゼと呼ぶ奇っ怪なお面は、アカマタ・クロマタの装束によく似た、実は遥か南の遠いパプアニューギニア近辺のメラネシアから伝わってきたものにほかならない。かつてたいした航海技術も備わらなかった時代に、海に出て流され、戻ることが出来ずに漂流し、日本にたどりついた者たちが沖縄にも伝えた祭の余韻が、この悪石にも及んでいたのはたいそう興味深かった。

それにしても、長が、

「私たちにとってこんないい島なのに、なんでこんな妙な悪い名前をもらったものでしょうか」

とぼやいていたが、全くその名前に背《そむ》いて、実に興味津々たる島だった。

ダイビングに赴いた連中の報告では、島の周辺はどこも極めて水深が深く、なかなか水底にたどりつくのもおぼつかなく、地付きの魚の漁は結局、不漁に終ったそうな。

悪石島の南にある宝島は、吐噶喇の島々を周遊する定期船が何日かに一度やってきて、必要な荷物を荷揚げしたり、荷卸ししたりする、吐噶喇列島の中では人口の多い島のひとつだが、私たちが泊まった民宿の主人は、なかなか洒脱な老人で、日頃凝っているという美味なコーヒーを自ら淹れて振舞ってくれたりし、思いがけないご馳走に驚かされた。

宝島の北側にある小宝島は、これはまさに名前のとおり、小さな宝物のような魅力のある島で、船着き場のすぐ上には二つ三つ、無料で入れる温泉が湧いていて、そのひとつなどは手を挿し入れることが出来ないほど熱い湯が噴き出していた。

上陸してみたら、村のいわばメインストリートで、村の人たちが茂り過ぎた木が

次見開きページ
海から眺めると、妊婦の姿のように見えるといわれる吐噶喇列島の小宝島（こだからじま）。隆起(りゅうき)珊瑚礁から出来た周囲五キロ弱の小さな島。小宝島の南西約十六キロの位置には、同じく吐噶喇列島の宝島（たからじま）がある。

電線の邪魔をするので、それを切り払う作業をしていたが、それを手伝っているまだ若い二十歳そこそこの青年をとらえて聞いてみると、彼は、

「僕は本土の大都会に就職し、会社勤めをしていたけれど、なぜか都会の生活に馴染めずに、故郷のこの島に戻ってきて本当にほっとし、息をついている思いです」

と言っていた。彼に言わせると、

「なんといっても、この島の人たちはみんな優しい」

と言う。人との付き合いにくたびれた青年にとってみると、僅かな人口とはいえ、豊饒な自然に囲まれたこの島の生活は大都会のそれとはかけ離れて、しみじみ人間の存在を潤してくれるものに違いない。

さらに小宝島を離れて、その名も奇っ怪な臥蛇島なる島でダイビングをしたが、ここはいろいろな魚影の濃い、素晴らしいダイビングスポットで、水中のある岩の尾根を越えてみると、その向こうに思いがけぬ透明な水域が広がっていて、色とりどりの魚たちが群れている素晴らしい水底の景観だった。

それから東へ向かい中之島というかなり整備された船着き場のある島に上陸してみたが、そこの木造の小屋の中の入場無料の温泉の鄙《ひな》びた魅力はいまだに忘れられない。

こうした、まさに千変万化な吐噶喇列島なるものの、自分たちがしている旅の贅沢さにしみじみ満足させられたものだった。

そのあと北上してたどりついた屋久島が、これは言うに及ばぬ古代杉と呼ばれる樹齢千年以上の巨木を抱えた、しかも二千メートル近い高い山をもつ魅力のある島で、ただ島を周遊している途中、滝の流れ込んでいる川で水浴びをして涼をとったが、裸の人間に群らがってくる虻《あぶ》の多さには辟易《へきえき》させられたものだった。

ともかく吐噶喇という奇妙な名前のついたこの列島一帯を、いったい限られた誰が賞味出来ているだろうか。島という孤絶した、それ故にまた計り知れぬ魅力に富んだこの国の国土というものを、いったい何人の日本人が知っているのだろうかと思えば、なぜか口惜しい気がしてならない。

誰しも旅はいいものだとは言うが、しかし海の旅はやはりある選ばれた者たちにしか出来ぬ、人生の醍醐味に違いないということを、吐噶喇列島はしみじみ味わわせてくれる、素晴らしい人生の背景だ。

白砂の浜を巡る海　久米島《くめじま》

久米島《くめじま》というのは実に奇妙な島で、ああした地形の島は滅多にあるものではない。島そのものが飛行場を備えたかなりな大きさをもつが、なんといっても久米島の特性は、島の東側にあるホリデイリーフと呼ばれていた細長い白砂の砂浜で、その全長はおそらく起点から先端までは七キロを超すものに違いない。

久米島にはかなり高い山があり、その麓《ふもと》には峡谷《きょうこく》まであって、何本かの川が流れ出ているし、季節によったら蛍がたくさん発生する名所も備えた、なかなかの魅力に満ちた島だ。

私のようなダイバーにとっての替えがたい魅力は、県の条例ではこの島の漁師だけが水中銃を使っての漁を許されていて、我々ダイバーはいわばその槍《やり》持ち、助手として水中の漁の相伴《しょうばん》に与《あずか》ることが出来ることだ。私はある時、ある漁師の一族と親しくなって、しばしば彼の船で彼の漁のお供をしているが、私の持っている水中銃は世界で有数のダイブウエイズの特製のスーパーマグナムで、これに敵《かな》う銃をなまじの漁師が持っているわけもないので、漁師が先に見つけた獲物を彼が私に命じて、私が仕留めるという漁の共同作業が出来るのが幸いだった。

　ホリデイリーフといわれた砂浜の幅は五十メートルもないが、その先端に向かっての右側、つまり海でいえば太平洋側は複雑な形をした浅瀬のつづく、魚たちにとっても格好の隠れ場で、一般の海水浴客もゴーグルさえつければ、間近に魚を目にすることが出来る。観光地として開けるしばらく前には、泳いでいると腰にも届かぬ浅瀬の海の中に膝に触れてくる近さで、フエフキダイ（笛吹鯛）やグルクン（高砂《タカサゴ》）と呼ばれる沖縄の県魚が群れていたものだった。

　久米島の海の傑出した特長は、この細長い砂浜の先端に向かっての左側、すなわち東シナ海側の海は砂浜を外れるといきなり垂直に近いドロップオフで、それはそのまま外海ということになる。そこでは、まがまがしい大きなオニカマス（鬼魳）を獲ることが出来たり、カマスの大群がゆるやかな潮に乗って流れているのを目にしたりすることが出来る。

　オニカマスという魚は人間のからだをしのぐような化け物がいたり、ある意味で

次見開きページ
久米島（くめじま）は沖縄本島の西に位置し、火成岩で出来た緑と水に恵まれた島。その久米島の東の海上に浮かぶ、細長い砂浜へは船で渡る。
久米島に近い手前から「メーヌ（前の）浜」「ナカノ（中の）浜」「ハテノ（果ての）浜」の三つの砂洲（さす）から成る、砂浜だけのこの無人島は、総称して「はての浜」と呼ばれる。熱帯魚をはじめ魚の宝庫であるエメラルドグリーンの海が四方に広がる。

はサメ（鮫）より恐ろしい凶悪な魚で、大きくなればなるほど厄介な水中の獣《けだもの》だが、なぜか大きなカマスは一匹狼のように水深五、六メートルの所に、頭を上に向けて斜めに止まっているものだ。そして口をあんぐり開けながら乱杙歯《らんぐいば》を露《あらわ》に見せて止まっている。歯並びの悪い歯ならば、そう簡単に獲物を嚙《か》めるわけないと思われるが、実はあの大きな乱杙歯が口を閉じるときっちりと閉まって、人間の手足など簡単に嚙みちぎってしまう。

ミクロネシアの島々に行くと、住民たちの中によく足首から先がない者を見かけるが、それは彼らがサメよりも恐れるオニカマスに追いかけられて、かろうじて逃れはしたが、足首を食いちぎられた痛々しい傷痕《きずあと》なのだ。彼らに言わせると、オニカマスはなぜか水中で白いものに興味をもって、それが動くと夢中になって追いかけてそれに嚙みついてくる。確かに足首から上は日焼けして肌が黒いが、陽に当たらぬ足の裏だけは真っ白で、水中でフリッパー（フィン）もつけず泳いでいるとひらひらしてオニカマスの目につくようだ。

私が久米島で目にした珍しいもののひとつに、ある時同伴の漁師が水中で私に向かって、目の前に浮いている長さ三十センチほどの四角い物体を指さして、

「あれを突け」

と言う。私には一瞬それが何かわからずに、目を凝らして見直してみたが、大きなハコフグ（箱河豚）のように見えた。そんなものを突いても仕方がないと思って躊《ちゅう》躇《ちょ》していたら、漁師がしきりに私を小突《こづ》いて、

「あれを撃て」

と言う。仕方なしに簡単な標的なので撃ち止めたら、瞬間、その獲物が多量の墨を吐いて目の前一メートル半四方ほどが黒い幕を下ろしたように見えなくなった。射止めた獲物を引き寄せて見ると、コブシメ（小節目）というイカ（烏賊）の一種で、彼らに言わせるとその墨は貴重な食材だそうな。私はわけがわからずやみくもに引き金を引いたが、命中した銛《もり》はその墨袋を突き破ってしまったので、肝心の墨が四《し》散《さん》し、水中で凝り固まって私たちの視界を塞いだということだった。

次見開きページ
全長約七キロ、東洋一といわれる白砂がつづく砂浜、「はての浜」の先に久米島が見える。

久米島での漁といえば、島の東側の中ほどにある小さな港に近い浅瀬で潜っていたら、珍しいことにナポレオンフィッシュ（眼鏡持之魚《メガネモチノウオ》）を目にしたことがあった。ナポレオンフィッシュというのは非常に高価な魚で、刺し身にしてもこれほど美味な魚は滅多にない。慎重に近づいて銛を撃ってみたが、命中はしたもののナポレオンフィッシュの鱗《うろこ》は硬く、銛は胴体に突き止まらずに銛先に一枚、一センチほどの硬い鱗がついて、魚はそのまま姿を消してしまったものだった。

久米島というのは水中の変化も多様だが、陸でも述べたとおり蛍の名所があったり、時折行われる琉球相撲の大会があったりして興味にこと欠かない。

聞くところ、生まれて初めて久米島を訪れた東京の自由が丘の商店街の幹部たちがすっかり感動して、久米島の商店街と姉妹商店街の約束をかわしたそうな。しかし、若者で賑わう東京の新しい名所のひとつともなっている自由が丘の商店街と、久米島の商店が数えるほどしかない数軒の商店街では、いささかその組み合わせがインバランスな気がしてならない。

郵　便　は　が　き

料金受取人払郵便

麹町局承認

1511

差出有効期間
平成29年8月
23日まで

102-8720

439

東京都千代田区九段北
4−2−29
株式会社 世界文化社
編集企画1部
『私の海の地図』係 行

フリガナ		年齢 歳	1男・2女
氏名		1 未婚　2 既婚	
住所　〒　　－　都道府県			
TEL　　　　(　　　　)			
e-mail			
興味・関心のある事 (例)料理 (　　　　)			

※ 今後の企画の参考にするため、アンケートのご協力をお願いしています。ご回答いただいた内容は個人を特定できる部分を削除して統計データ作成のために利用させていただきます。ハガキやデータは集計後、速やかに適切な方法で廃棄し、6か月を超えて保有いたしません。

愛読者カード

〔1〕この本を何で知りましたか？　※(　　)内に具体的にお書き下さい。

a.新聞（　　　　　　　新聞）　b.雑誌（　　　　　　　　）
c.テレビで（　　　　　　　）　d.書店の店頭で
e.人に勧められて　　　　　　　f.その他（　　　　　　　　）

〔2〕お買い求めの動機は？（いくつでも丸を）

a.著者にひかれたから　　　b.タイトルに興味をひかれたから
c.興味のあるテーマだから　d.装幀が良かったから
e.その他（　　　　　　　　　　　　　　　　）

〔3〕この本をどこでお買い求められましたか？

（　　　　　　）都·道·府·県（　　　　　　）区·市·郡
（　　　　　　　　）書店　（　　　　　　　　）コーナー

〔4〕この本についてのご感想、ご意見をお教え下さい。

※あなたのご意見・ご感想を、本書の新聞・雑誌広告や世界文化社のホームページ等で

1. 掲載してもよい　2. 掲載しないでほしい　3. ペンネームなら掲載してもよい

ペンネーム（　　　　　　　　　　）

※当社よりお客様に、今後の刊行予定など各種ご案内をお送りしてよろしいですか。
希望する場合は下の□にチェックしてください。

当社からの案内などを希望する……………□

ご協力ありがとうございました。

久米島での思い出というと、ある時、同伴していた秘書のひとりが私たちの漁を見て、どうしても自分も魚を撃ってみたいと言いだし、次のダイブの時に、平たくて見た目に大きなツバメウオ（燕魚）を撃たせてみたが、案に背《そむ》いて銛は外れてしまった。秘書はしきりに悔しがってはいたが、のちになってあれは食べるとなかなか旨い魚だと聞かされて、さらに悔しがっていた。

その日の三度目の潜水で、今回は比較的浅場にしようと言い合わせていたが、その最後の潜水の時に、同伴の漁師が三十五メートルほどの比較的深いあたりの岩陰に、魚を追い込むのを私たちは上で眺めていた。追い込まれた魚は身動き出来ずに動かずに止まっているようで、しきりに漁師が招くので、私はさきほど最初の射撃に失敗した秘書に銛を持たせて行かせたら、漁師が秘書に、

「おまえのような下手ではだめだ」

と言って、手を振って私をしきりに招く。仕方なしに残圧計を見たら、タンク内に残っている空気が僅かしかないので、思いきって深みまで下りて銛を放って仕留

めはしたが、思ったとおり途中で完全にエア切れとなった。言い合わせていたように同伴の秘書とレギュレータを交換して船まで上がったが、その途中でその空気も切れてしまって、ふたりで夢中で水面まで這い上がったものだった。

その結果が心配なので、私が携帯しているダイビングコンピュータのプログラムをつくった私の日頃の潜水の師匠格の後藤ドクターに、彼がつくったSea and Seaのコンピュータの記録を報告して、このあとどんな養生をしたらいいかと尋ねたら、

「今、頭痛はしないか」

と心配した声で問い合わせてくる。

幸い頭痛は感じなかったのでそう答えたら、

「ならば出来るなら、どこか島の病院で酸素を一時間ふたりして吸っていろ」

と言う。

「自分も行ったことのない島なので、どんな病院があるのか僕はわからぬが、病院がないならば、今晩は酒を飲まずに一時間半、必ずぬるい風呂に浸かって静養して

いろ」

と言う。

ホテルのフロントに質《ただ》すと幸い島にはそれなりの診療所があって尋ねてみたら、酸素の吸入器もあるということで、秘書と出かけて行き、怪我の治療をしたのか何やらそこら中、血だらけの治療室の硬いベッドで、ふたりして並んで酸素を吸ったものだった。

しかし、見まわしたまわりがあまりにも血生臭いので辟易《へきえき》し、離れた入院患者たちのいる相部屋に移してもらったが、カーテンに仕切られたベッドの向こうでは、入院している年寄りたちがテレビの番組を見てみんなして笑い声をたてている。

その一方、私のすぐ隣のベッドでは、看護婦に尋ねたところ、胃ガンの手術で余命幾ばくもない老婆がいかにも苦しげな呻《うめ》き声をたてながら横たわっていた。その声があまりに悲惨なので、看護婦に何か処置が出来ないのかと質したら、さっき注射を打ったのでもうじき静かになるはずだから、我慢して寝ていろと言う。仕方なしに瀕死の老婆の呻き声を聞きながら一時間我慢して起き上がって、ほうほうのていでホテルに戻ったものだった。

診療所の婦長に尋ねると、瀕死の老婆は島の長寿者のひとりで、たったひとりの息子は沖縄の本島に出かけて行って帰らず、そのまま向こうでヤクザになって親の面倒を見るために帰ってもこないという。看護婦は慣れたもので、何もあと一日か二日したら死ぬから、当人もそれで楽になるでしょうと言うので、私は啞然、暗澹《あんたん》とした気持ちで、隣の老婆の呻き声を思い出したのだった。

いずれにしろ海の中といい、山の峡谷といい、街中での行事といい、あの不思議な島には何でもあるものだと、改めて感じ入ったものだった。

未知に満ちた西表島《いりおもてじま》

沖縄県は日本の最南端の県で、言い換えれば温帯に属する日本の最南端の島々だ。しかし、その中で沖縄県の最南西端にある西表島《いりおもてじま》は、あきらかに温帯の南にある亜熱帯に属する島で、この島の風物は如実にそれを証《あか》している。島の東部に河口をもつ仲間川《なかまがわ》を遡るとその両岸は、亜熱帯ならではのマングローブが密集していて、まさに南国ならではの景色が展開している。

この島には西表ならではの動植物が数多いが、私がだいぶ以前の四十年も前にスクーバダイビングを始めてまもなく、沖縄の島々を点々としてダイビングをしていた頃、初めて島に上陸した時には、さすがにこの島固有のイリオモテヤマネコは目にすることはなかったが、しかし、道路の片側の電信柱の上に、西表島、石垣島、与那国島《よなぐにじま》に固有のカンムリワシがとまっているのを目にして驚かされたものだった。

そして島の西端に近い船浮湾《ふなうきわん》は、かつて日露戦争の頃、北上してくるバルチック艦隊に備えて、連合艦隊が集結し、彼らを待ち受けるための仮泊《かはく》の基地でもあった。

とにかく、沖縄本島についで八重山諸島の中で最大級のこの島には驚くほど超密

前ページ
西表島（いりおもてじま）は沖縄県の八重山諸島の最大の島。「西表石垣（いりおもていしがき）国立公園」である西表島は大部分が自然林に覆われており、鬱蒼（うっそう）とした森が海までせまっている。

な自然が遺されてい、沖縄のほかの島々と格段に違った異国情趣を備えている。

さらに私にとってこの西表島という滅多に人の訪れることのない孤島の景観の中で、強く印象的だったのは、島にひとつある小さな御嶽《うたき》という遥拝《ようはい》の聖地のご神体なるものが実は偶像ではなくて、正面に設けられた窓から見える島全体の景観だったということだ。

そして西表本島の南西に、南にある波照間《はてるま》と対照的にある孤島、仲《なか》の神島《かみしま》は噂に聞いていたとおり、絶好のダイビングポイントで、進路を間違ってここにのりあげ座礁《ざしょう》したままの大きな船の残骸は、魚たちの絶好の巣になっていた。

この日本には数多くの島々があるが、西表はなんといっても、その亜熱帯の風物を備えているために、日本で唯一の個性を備えた大きな島だ。

年々歳々人の出入りも増えて、さまざまな開発が行われ立派なリゾートも出来てはいるが、しかしなお、この島が亜熱帯の島として備えたその個性に溢れた魅力は、他の日本の島々に比べても際だったものだと思う。

次見開きページ
西表島は照葉樹林に恵まれ、海岸線の河口には海漂林（かいひょうりん）とも呼ばれる亜熱帯性のマングローブが豊かに広がる。

ダイビングのためにこの島を訪れて何日か滞在したが、妙なことに私にとって一番印象的だったのは、泊まったリゾートのホテルで出された、魚のつまみが海のそこら中で目にする沖縄の特産の魚のアオブダイ（青武鯛）の皮をフライにしたものだったことだ。

いずれにしろ、西表島は沖縄本島の未開の山原《ヤンバル》に並んで、未開未知の野趣を存分に備えた素晴らしい別天地だ。

左ページ
気品のあるコンテッサ八世。フルセイル（すべての帆を揚げる状態）で進む。

1477

与那国島の海底神殿

よなぐにじま

ある時、知り合いの航空自衛隊のベテランパイロットが言っていたものだ。

「日本の上空を飛んでいると、日本の国土が世に言われているようにけっして小さなものではなく、いかに大きなものかということがよくわかる」

と。

確かに日本列島は北から南へ細い島々がつながっている列島で、北海道にしろ本州にしろ、あるいは九州、四国にしろ、その形は他の国に比べてごく細く長いものだが、しかし日本の最北端、北海道の稚内から、最西端の与那国島《よなぐにじま》までの距離は、我々の考えているよりも遥かに長い。

いつか世界地図を眺めている時に、地図の縮尺をあてはめて測ってみたが、大国といわれているアメリカは確かに東西、ニューヨークから西海岸のロサンゼルスまでの時差が三時間という広大な幅をもつ国だが、しかしその国土の南北はカナダとの国境のナイアガラからくだって、最南端のフロリダの、かつてヘミングウェイが愛して住みついたキーウェストという島まで、日本の北海道の稚内から南の与那国

前見開きページ
日本最西端の孤島、沖縄県与那国島（よなぐにじま）は、黒潮がつくり出す表情豊かな海岸線に囲まれている。島の東端の岬、東崎（あがりざき）は、紺碧の海に切り立つ断崖絶壁、真っ白な東埼（あがりさき）灯台、広々となだらかな緑の牧草地が、雄大な美しさを見せる。

島までとほとんど等距離といえる。

私はダイビングで、本州の季節を外れても、優にそれを楽しむことが出来る温暖な沖縄でよく潜ってきたが、ある時意を決して与那国島まで飛んで潜ってみた。この島は人口も極めて少なく、島の集落も小さくてそのせいかほとんど見るものもない、印象にとまるスポットの少ない島だが、しかし他の沖縄の島々に比べて、際だってその特徴を表象するものが存在している。

ともかく日本の最西端の島だから、晴れた日には僅か百十一キロしか離れていない台湾の島も見えるので、島の人たちは沖縄本島の那覇に出かけるよりも、遥かに品物も多い目と鼻の先の台北での買物を望みがちだが、しかし目と鼻の先とはいえ、外国である台湾に行くためには、一度飛行場のある石垣島、あるいは沖縄本島に戻って出国の手続きをしなくてはならず、不便極まりないとこぼしている。

そんな島だが、実は沖縄の島々を含め、本土や離島の多い伊豆七島のダイビングスポットに比べて、比類のない景観がこの島には備わっている。そのひとつは島の

次見開きページ
与那国島の南部、新川鼻（あらかわばな）の沖の海底で発見された「海底神殿」、与那国島海底地形。水深約十メートルに位置するそのメインテラス。真っ平らな面と垂直に切り出したような巨大な岩で構成された整然としたスペース。

西北端に広がる海で、潜ってみると一面、小高い岩の点在した、そのせいか潮の流れも強いスポットで、ここではシュモクザメ（撞木鮫）の群れが多く見られるし、その他の魚にもこと欠かない。

しかしなんといってもこの島の存在を象徴するスポットは、島の南側にある海底神殿の存在だ。かねがね聞き及んでいたが、ある時私は興味にかられて、船を仕立てて出かけてみたものだった。

それは透明な海底に存在する、どう見ても人工的な石造りの遺跡に似た景色で、例えば南端の海底に落ち込むその遺跡の切り口は、何かの機械で削ったように垂直、しかも表面は真っ平らでそれがかなりの広さに広がってい、しかもその上には何のためにつくられたのか、二十メートル四方ほどの小さな広場のようなスペースがあって、そしてその両側にあきらかに人工的と思われる、ものを流して海に落とすような溝が刻まれている。

思うにこの太古の遺跡で行われたであろうお祭で、そこで祈りを捧げるために葬《ほうむ》

られた犠牲の血を流すための溝に違いないということを案内したガイドに述べてみたが、彼はしきりに首をかしげて、

「私も同じことを考えていますが、しかしほかの専門家はそんなことはありえないと言い、これが人工的な遺跡かどうか議論が二つに分かれていて、残念ながら、これをこの島の名所に仕立てるわけにいかないのです」

と、慨嘆《がいたん》していた。

とにかく当時は、この島には一軒の宿屋しかなくて、ほかに驚くほど全く何もなく、何の店屋もない。陸で過ごすには退屈極まりない島だが、ともかくこの水中の遺跡のような景観は、何度眺めても海の底に全くふさわしくない眺めでしかない。

しかもその存在が水深僅か十メートル足らずのところにあって、そこから少し離れてその遺跡らしき景観を全体で眺めてみようとしても、不思議なことにその遺跡のすぐ沖合に幅数十メートルの大きな岩があって、全体の光景を鳥瞰図《ちょうかんず》的に眺め直すことが難しい。

そして季節によっては、南からの風が吹きそめて、波も立ち、へたをすると、それに眺めいっているうちに、浅い水底で波に揉まれて、波酔いを起こしかねない。私がその時同伴していたのは、日本のブルーオリンピックの代表選手にもなったことのある後藤ドクターだったが、皮肉なことにこのベテランが、何のことはない二、三十分の潜水で波酔いを起こして、船に上がってから青息吐息をついていたものだった。

私はなぜあの水中の不思議な景観を、世界の専門家を呼び寄せてそれがいったい何かを調査しきれないのか、首をかしげているが、もしかつての太古の昔、何かの宗教の儀式のためにつくられた神殿であるとするならば、これは世の中に極めて珍しい存在として登録され、観光客も殺到するに違いないと思うのだが。

昔訪れたことのある、グアムを経由して赴いた、遠くはハワイまでに至る太平洋のカロリン諸島の中のポンペイ島にあったナン・マドールという遺跡もまた、その島でけっして採掘されることのない独特の石材、玄《げん》武《ぶ》岩《がん》、それもかなり巨大な幅五

右ページ
広大な海底神殿にはいくつもの広いテラスがあり、さらに人工的な長く細い十メートルほどの溝が真っすぐ刻まれている。

次見開きページ
石垣島から百二十七キロ、台湾とは百十一キロの距離にある、八重山諸島西端の国境の島である与那国島。西埼（いりさき）灯台が建つ日本最西端の岬、西崎（いりざき）は、日本の東西南北端のうち唯一、自由に訪れることが可能な場所である。

十センチ、長さは十メートルもあるような柱のような石材を積み重ねてつくられたものだが、いまだにその謎は解けていない。

地球はかつて太古にどのように鳴動し、陸も海もつくられたのか未知ではあるが、あのナン・マドールの海上遺跡に匹敵するような、あきらかに人工的な構築物が私たちの国土の最西端の与那国島にあるということも、尽きせぬ興味がそそられる。

絶海の孤島に、今はごく限られた人々がかろうじて住みついて生活を営んでいるが、あの島はいつ頃誕生したものかわからない。そんな昔にそこにたどりついた人間たちが何のために、ああした構築物をつくったのか、そしてそれがなぜ海に沈んでいったのかも、謎、また謎だ。

吹きすさぶ龍飛岬《たっぴみさき》

石川さゆりの持ち歌の十八番、『津軽海峡・冬景色』の文句に、恋人と別れておそらく北海道へ帰る淋しい女が、津軽海峡を渡る連絡船に青森から乗り込んで、わびしい船旅をつづけている時に、誰か見知らぬ人が龍飛岬《たっぴみさき》を指さして、

「ごらんあれが竜飛岬 北のはずれと」

というくだりがあるが、正確に言うと、日本の本州の北のはずれは津軽海峡に臨む陸奥《むつ》湾を囲んだ東側の、下北半島の先端の大間崎《おおまざき》にほかならない。

下北半島は核の廃棄物の再処理工場がつくられた六ヶ所村《ろっかしょむら》でも知られる半島で、青森からかなりの時間、大湊《おおみなと》に至るローカル線に乗って最寄りの駅に着くと、そこからさらに車で数十分かかってたどりつくことの出来る下北半島の北東端の尻屋崎《しりやざき》には、寒立馬《かんだちめ》という半野生の馬が生息していたりして、かなり物寂しい日本らしからぬ風景が広がっている。

そして、この下北半島が有名になったのは、そこにある大間《おおま》という港から出て漁をする漁師たちが、津軽海峡を通り過ぎるマグロ（鮪）を獲って、それを市場に提

左ページ
青森県津軽半島の最北端、龍飛岬（たっぴみさき）から望む、津軽海峡と北海道の松前半島。（二〇一四年三月）
北海道最南端の松前半島白神岬（しらかみみさき）まで、津軽海峡を挟んで十九・五キロの距離にある龍飛岬。その津軽海峡の海底下約百メートルに世界最長の海底トンネル、青函トンネルが通る。青函トンネルの地底から湧きあがる天然水は、軟らかな弱アルカリ性で、龍飛岬のある青森県外ヶ浜(そとがはま)町では飲料水などに有効活用している。

供しているからだ。私はマグロの味わいについてそれほどこだわる人間ではないが、ともかくいつか渡哲也が主演してドラマにもなった大間の漁師たちが獲る、まさに一攫千金の大きさによったら一匹、億を越す値段のつく大間のマグロは、あの津軽海峡という荒々しい海ならではの漁獲である。

しかしこう言うと、反対側の津軽半島にも漁港はあって、そこから出航して漁をする漁師たちは不満げに、

「なんで、同じ津軽海峡で俺たちが獲ったマグロが大間のマグロに比べて値段に差がつくのか」

と不服を唱えるが、これまた世の中の不思議な事例のひとつで、一旦収穫の場所が限られてそれが希少価値となって何々の何というブランドの名のついた商品は、全く同じ魚でも値段が違うというのも、考えてみれば不条理な話だ。

私が住んでいる湘南《しょうなん》の逗子《ずし》のすぐ沖で、季節によったらやってくるサバ（鯖）がたくさん獲れるが、この同じサバを、さらに東に向かって三浦半島の房総半島寄り

に近い松輪《まつわ》から出航する漁船が釣り上げる。これは松輪サバというブランドネームがついてしまって、競りにかかると、湘南の海の同じサバに比べて破格の値段になるというのも皮肉な話だ。

青森の私の親しい友人の森内勇《いさむ》という、青森市の北西のはずれに位置し陸奥湾に臨み、今別《いまべつ》町をまたがる、外ヶ浜《そとがはま》という町の町長をしている男がいて、いつか彼の案内で、彼の領地ともいえる外ヶ浜の海岸を周遊し、その北端の龍飛岬に行ったことがある。あれは極めて印象的な体験だった。

その時はちょうど西高東低の冬型の気圧配置が始まりかけた頃で、彼に従って長い階段を上り、龍飛岬の先端の展望台にたどりついた瞬間、まさに文字どおり横殴りの、立っていても吹き飛ばされそうな強い風に見舞われた。そして風にあおられそうになるからだを支えながら、手すりにつかまって覗いた岬の眼下の津軽海峡は、いわゆる「大西《おおにし》」と呼ばれる強い西風に吹き染められて、一面に白波の立つ荒涼とした海だった。

次見開きページ
荒波の津軽海峡から眺める龍飛岬。（二〇一四年三月）

ということで、私は彼に提案したものだが、外ヶ浜の観光の名物として、石川さゆりの歌った歌の情感を体験させるためにも、観光客を乗せた小さな遊覧船で龍飛岬を過ぎて、風の吹き染める津軽海峡に乗り出し、ほんの数分でもいいから、この荒涼とした風の吹きすさぶ海を満喫させたらいいのではないかと。

聞くところ、外ヶ浜には三厩《みんまや》と呼ばれる小さな集落があり、伝説では衣川《ころもがわ》から追っ手に討たれることなく逃れてきた源義経が、そこから船を仕立てて海を渡って大陸に渡り、のちのジンギスカンになったという奇天烈な作り話まであるそうだが、その真偽は別にしても、その義経が仲間と一緒に逃れてきて、船を待つ間、そこに馬をつないだのが三厩で、そうした荒唐無稽な伝え話を聞きながら、あの龍飛岬から、荒涼とした海を眺めるのは興味津々たるものがある。

いかに義経が奇策に長けた勇将であったとしても、強風のすさぶ津軽海峡へどうやって乗り出し、さらにそれを横切って北海道の先の大陸にたどりついたものかと、いたずらな想像をせざるを得ない。

そういう意味でも、龍が飛ぶと書いて「たっぴ」と呼ばれるあの岬は、当時は未知に近かった北海道という島、そしてさらにその向こうにつらなる果てのないユーラシア大陸というものを想定して、何か極めていろいろな歴史を凝縮象徴して見えてならない。

次見開きページ
夜明け前の龍飛岬。「日本の灯台五〇選」の一基である龍飛埼（たっぴさき）灯台が津軽海峡を見守る。海峡の向こうに、北海道白神岬の灯が見える。（二〇一四年三月）
津軽海峡は日本海と太平洋をつなぐ国際海峡であり、龍飛岬には海峡を通航する艦船を監視する海上自衛隊のレーダー施設もある。

龍飛岬観光案内所「龍飛館」に、森内勇（いさむ）外ヶ浜町町長へ贈った著者の詩（次ページ）が展示してある。

外《そと》ヶ《が》浜《はま》は
陸奥《むつ》の　まほろば
蒼《あお》き海
豊かな　すなどり
美しくも　荒き海峡
外ヶ浜　うるわし

慎太郎

書斎から眺める逗子湾《ずしわん》

父の転勤のおかげで私は五歳の時に、生まれた神戸の須磨《すま》を発って、北海道の小樽に移った。そして、あの極寒の北海道で八年を過ごしたあと、思いがけなくも、日本で最も豊饒な土地といえる湘南《しょうなん》の逗子《ずし》に移り住んだ。
以後、このなんとも優しい気候に恵まれた湘南の逗子で五十年を過ごしてきたし、もともと戸籍の上での私たちの本籍は、生まれた神戸の須磨だったのを、私の代になって思い立って湘南の逗子に移した。
そしてその逗子で、最初は父の勤めていた汽船会社の社長の別荘に住まい、それからさらに同じ逗子の桜山の切り通しに近い家に引っ越し、そこで私も物書きとなって結婚もし、子供をもうけるようになってから、それよりもやや大きい隣の日本邸宅に引っ越した。その家は、父が時おり使っていたともいう柳橋の「はやし」という料亭が戦後の料亭ブームの折に、贅を凝らしてつくった和風の粋な邸宅だったが、なにぶん前の家よりもさらに数十メートル切り立った切り通しの崖に間近くて、陽当たりが悪く、しかも庭が凝った日本庭園だったので、茶室もあり、かなりの植

二〇八ページ
シンメトリーな外観の逗子（ずし）邸の玄関。三十五歳で建てた広大な邸宅。

前々ページ
鉄門の優美な装飾。

前ページ
風格を醸した銅製の玄関扉。石原文学の神髄にも通じる、静謐（せいひつ）で骨太な佇まいの逗子邸。
（二〇一四年五月）

え込みもあって、夏は当然、蚊が多く、真冬でもその蚊が家の中に住みついていて、暖房を入れると飛び交い、冬でも蚊帳を吊って過ごすような始末だった。

そんなことで子供たちがよく風邪を引くので、それを気にして、私は密かに同じ逗子での転地を考えていたが、ある時、散歩に出た逗子湾の対岸の披露山《ひろやま》の途中に、誰かが開発した住宅用の用地が空地のままに置かれているのを見て、そこから見下ろした風景が、まさに逗子湾を一望する絶景なのに魅《ひ》かれて、せっかちな私は子供たちの健康への気遣いもあったが、そこに家を建てることを決心して、散歩から帰った家で家内にそう告げたものだった。

そしていろいろ縁あって、今のＲＩＡの主宰者であった近藤正一氏に設計を頼み、当時、流行作家であった私は、印税も柴田錬三郎に並んで一番高額の作家だったせいもあって、いい気になって身分不相応の大きな家を建ててしまったものだ。

設計者の近藤氏に、私がうっかり言ってしまったことは、

「外から眺めてもシンメトリカルな、構えのしっかりした家にしてほしい」

次見開きページ
玄関扉の真鍮（しんちゅう）の把手(とって)。
(二〇一四年五月)

ということだったが、実際に家ができあがってみると、建築主としての粗忽な自分の注文に、私はあとで後悔をさせられたものだった。

ともかく正面玄関を開けて入ると、目の前に幅の広い階段が二階に向かってしつらえられてい、その階段を構えた玄関のホールはかなり小広くて、六畳程度の部屋ならばゆうに四つも構えられるスペースで、それが二階の屋根に向かっても吹き抜けているという、極めて無駄な空間の多い、ばかに贅沢な家だった。

しかし、そこに住みついてみて、自分のそんな粗忽を後悔しながらも、私が心から満足出来たのは、二階の左側に構えた私の書斎に据えた机に向かって仕事をしながら、目の前の広い窓から外を眺める時だった。右手の尾根から伝って披露山の小さな岬に歩いてみてもわかるように、急峻《きゅうしゅん》な崖に生え茂った林がとても人の足では立ち入ることも出来ぬ、おそらく森が出来てから誰も人間の手の入ったことのない原生林で、そこには木菟《みみずく》だけではなしに、鳶《とんび》や烏《からす》、あるいは他の小鳥、鶺鴒《せきれい》、鶯《うぐいす》といった数多くの種類の鳥たちが巣をつくって棲《す》みついている。眺めてみると鬱蒼《うっそう》と

左ページ
玄関を入ると、艶やかな手すりの階段が、大黒柱のような存在感をもたらす。打ち肌のきれいなコンクリート。
（二〇一四年五月）

優 勝

した森が広がっていて、そのさらに左側には小広い逗子湾が一望出来た。

ヨットマニアの私にとっては、書斎から眺める海の様相は、その日その日で微妙に変化し、特に冬場、漁師に言わせると「大西《おおにし》」と呼ぶ、強い西からの季節風が吹きすさぶ。時には目の前の逗子湾は表情を猛々《たけだけ》しく一変し、当節では流行りになったウィンドサーファーのベテランたちが、強風にもめげず行き交いをする風景も見られるが、いずれにしろそれも含めて、目の前に広がる逗子湾の表情の変化には見入って飽きることはなかった。

そして海浜に出来たサーファーたちのショップが、何のためにか真下の海に小さなブイを打ち、そこに小さな旗を立てていたものだが、その旗が入り江を吹き染める風に従ってはためき、眺めるだけで、海に今、どんな風が吹いているかがよくわかった。さらに対岸の開発が進んで、県がつくったヨットマンたちの建物が出来て、その上に大きな柱が立ち、ヨットマンたちに風力、風向を教える。時には、出艇禁止の赤旗も上がるような風見《かざみ》の旗が掲げられるようになって、書斎から机に備えた

右ページ
逗子邸のサロンに並ぶ優勝トロフィーがヨットレース歴を物語る。
次見開きページ
大開口の光と空間、シンメトリーな設計、一九六七年に建てられたミッドセンチュリーモダンの逗子邸。かつてはプールもあった、手入れのゆき届いた庭。
（二〇一四年五月）

望遠鏡で眺めると、その日の逗子湾だけではなしに、さらに外海の風力や風向がはっきりと見てとれるものだった。

小体《こてい》な愛らしい逗子湾は、季節によって折々に表情を変えて、ある時は前述のように吹きすさぶ大西で荒れ狂い、波高《はこう》三、四メートルの波が立ち、大きなうねりも打ち寄せもするが、凪《な》いだ日には、近くの逗子開成中学・高校のヨット部が逗子湾で練習をし、海のレースを行ったりするのがよく見られた。そんな時にも望遠鏡で眺めていると、伝統のある葉山の、日本のヨットの発祥地であるヨットハーバーの横の小浜と呼ばれる小さな浜のすき間から、そこを通った南の風が入り江に向かって湾に吹き込み、はだらな風のつくる風道をさざ波の模様で広げて見せていた。

望遠鏡で、今、何番手かで後《おく》れをとっている船がそこでタック、反転をすれば、その風が拾《ひろ》えて優位にたてるのにと思って眺めながら、他人のレースを楽しむことも出来たものだった。

逗子湾は案外知られていないが、魚たちのひとつの海路で、土地の名産のイワシ

（鰯）の群れが時おり入り江の中に迷い込み、それを目指して隣の小坪《こつぼ》や真名瀬《しんなせ》の漁港からやってくる漁船たちが引き網でイワシをさらってすくいあげていたものだ。

しかも驚くことに、ある時逗子の入り江のまん中に鳥山《とりやま》がたっていて、いったい何ごとかと、望遠鏡をとり出して眺めてみると、鳥山が証《あか》すようにそのすぐ下に、入り江に迷い込んだ何か知らぬが魚の大群がいわゆる「ハミ」、「ナブラ」をつくって大きな波紋をつくり出し、それに向かって鳥たちが上空からダイビングして魚を獲っている光景は、まさに相模湾の外海でしか見られぬ風物が、この静謐《せいひつ》な逗子の入り江にも起っているという、奇態といえば奇態、驚くほどの見物《みもの》だった。

そして季節が巡って冬になり、凪いだ逗子の入り江に太陽がまわってさしかかると、私の書斎から眺めて、真冬にはちょうど十一時頃に、太陽が正面にまわってきて射し込み、家の下の逗子の入り江からさらに対岸のヨットハーバーを越えて、その先の葉山の海、そして、そのさらに先の長者ヶ崎《ちょうじゃがさき》を過ぎた三浦半島の北側の外海が、太陽の光を浴びて銀色に輝き、その光の川が真っすぐに三崎《みさき》に向かって伸びて、

三崎沖の外海を通過し、西に向かうタンカーや汽船や大きな船たちをシルエットとして映し出して見せてくれた。

私の逗子の家の書斎から眺める海は、眼下の逗子湾も含めて、その外海のさらに外側の城ヶ島《じょうがしま》の沖を過ぎて広がる相模灘《さがみなだ》の連なりを感じさせ、伊豆七島を含めて外海を行き慣れた私に、陽の射し加減、時の波の具合、風の模様などを合わせて、さまざまな航海というものを想像させ、予測させてもくれたものだった。

いずれにしろ五十年、あの家に住まって、私はおそらく他の誰も見ることのない、三浦半島を巡る海の変化の表情を満喫することが出来た。あれは何にも替えがたい至福であり、私ひとりの心ときめく密かな歓び、楽しみでもあった。

自分の書斎でひとり座りながら、海のある時は微妙な、ある時は荒々しい変化を眺めることの出来た人間はたぶん、この日本で私たったひとりではなかったかと自負さえしている。それは思い返すのも懐かしい、心ときめく私自身の時の時だった。

右ページ
逗子邸の書斎、大理石の執筆机の置物。
次見開きページ
数々の作品が執筆された書斎からは、右に原生林の急峻（きゅうしゅん）な崖、眼下に逗子湾、さらに葉山から外海へとつづく、海と風の表情が、ひと目で見渡せる。逗子湾の右手に葉山港、そして葉山マリーナ。
ブルーと白のスピンネーカー（袋帆）を張ったコンテッサ十三世が、書斎真正面の逗子湾を帆走（はんそう）。
二二八ページ
防音のため、分厚い書斎のドア。
（二〇一四年五月）

恐ろしい北マリアナ

なまじの好奇心というものは、へたをすると命取りの危うさにもつながり兼ねないということを、私は北マリアナへのダイビング旅行でしみじみ悟らされたものだ。

ことの発端は偶然、目にした一枚の写真だった。それは聞くところ、高さが百五十メートルを超すような切り立った刃物のような稜線が屛風のようにつらなって、四方を取り囲んだ島の写真だった。その奇っ怪というかこの世のものとも思われぬまがまがしい島の写真を見て、私はこらえきれぬ好奇心に駆り立てられて、この島を訪れる決心をしたのだった。

聞くところ、それは北マリアナ諸島の北端から二番目のマウグという島で、絶壁に囲まれた湖に近いこの島は、かつて第一次大戦の頃、日本を含めた枢軸《すうじく》を相手にして戦ったドイツ海軍の仮装巡洋艦の悪名高いエムデンの隠れ場所で、彼らはここに身を潜めて船を仮装し、普通の船舶に見せかけて、近くを過ぎる枢軸側の主に貨物船を襲撃し、撃沈していたそうな。

のちに聞けば、マウグという名前は杜撰《ずさん》な話だが、マリアナ諸島の南端にあるグ

左ページ
逗子（ずし）の書斎の書庫にストックされた「石原用箋」と名入りの原稿用紙。

石原用箋

アムを逆さに綴ったものだそうで、いずれにしろパハロスに始まって、このマウグ、パガン、アラマガン、サリガン、そしてアナタハンを経てサイパンに至り、さらにマリアナ諸島はグアムまでつながっているという。この未踏の地域をダイビングしながら探訪する企画をTBSに持ち込んだら、たちまち同意を得て、私たちは仲間をかたらってこの冒険旅行に出かける手はずを整えた。

ということで、その写真を家内に見せ、計画を打ち明けたら、彼女は沈思したのちに、なにやら手元の資料を確かめた上で、

「あなた、これは非常に危険な旅行になりますよ。あなたの星まわりからしても、この旅行は去年の夏にあなたの親友だったフィリピンの上院議員のベニグノ・アキノがあなたが止めるのも振りきって、あえて亡命先のアメリカから帰国し、待ちかまえていた独裁者のマルコスの手にかかって、マニラ空港で暗殺された時と、全く同じ星まわりになります」

と言う。それを思い返して、私は一応家内の忠告を受け入れ、出発予定をひと月

延ばして、その前に同じ仲間で、ほとんど未踏の吐噶喇《とから》列島を奄美大島から北上して、あの島々を水中で探訪する企画を組み立てた。それはそれで一巻の記録映画にできあがって放映され、その旅はなんとか平穏に終ったものだった。

ただ、ひと月延ばした北マリアナへの探検旅行も、家内に質《ただ》すと、

「ひと月前の予定の星まわりよりはまだ安全だが、けっして油断はならない。ひと月前の予定だと必ずあなたはアキノと同じ運命をたどったに違いないが、死にはしないけれど、しかし十分に気をつけて旅をしてらっしゃい」

と言われ、私は一年前のアキノの身の上に起った出来事を思い返しながら、肩をすくめたものだった。その一年前、家内の気学の判断によれば、アキノの帰国の日程は、五黄《ごおう》の暗剣殺にかかっていて危険極まりないものだったそうで、彼女の予言のとおり、アキノはマニラ空港であえなく暗殺されてしまった。それを思いとどめようと、私は国際電話で彼に忠告をしたが、私の英語の能力では五黄などという星まわりをとても説明出来たものではない。せいぜい暗剣殺については、これは暗剣

殺の暗はdarkness、剣はsword、殺はkilling、つまり殺意というものが重なっているので、非常に危険だと、彼を諭しはしたが、彼はボストンの電話口で笑って、

「おまえはいったい何をいうんだ。そんなことで人間の運命が正確に予測出来たら、ノーベル賞ものだぞ」

と言って笑って取りあわなかった。そして結局、彼女の予言のとおり、私は大事な友人を失った。

ということで、ひと月切歯扼腕《せっしやくわん》してこらえ、ひと月遅れの旅行にこわごわでもないが、大京観光の社長の持ち船のフェスタ号を借り入れて、ようやく旅に出かけた。

途中、ダイバーにとっての憧れの地であるあの絶海のまん中に屹立《きつりつ》したソーフ岩(孀婦岩《そうふいわ》)でもダイビングを楽しみ、それからはるかに南下して、備品を整え小笠原を過ぎ、北マリアナへ向かったが、私たちが借り得たフェスタ号はかつての大島水産高校の練習船を改装したかなりの年季もので、繋留《けいりゅう》の途中に、船底にも貝がとりついて、なかなか速度が出ない。せいぜい頑張っても八ノットという速度で、その

間、無聊《ぶりょう》をかこちながら、船のデッキで、これからの潜水に備えトレーニングのためにジョギングしたりして過ごしたものだが、小笠原を発ってから翌々日、ようやく北マリアナの最北端のパハロスにたどりついた。

パハロスというのは絶海に聳《そび》える火山島で、今でも噴火をつづけているが、そこを通り過ぎる遠洋の漁業に出かける日本の漁船が半年近い漁を終えて戻る時には、行きと帰りとで島の姿を変えているというほど、活動の盛んな火山島で、近くで見ても島全体が火山岩で覆われ、おそらく真夜中に見れば、島全体が火の気でほの明るく輝いて見えるだろう、火の塊のような空恐ろしい印象の島だった。

それでも、島の南側には僅かながら草つきがあり、まずは錨《いかり》を下し船を停めて、ともかくも待ちわびていたダイビングに出かける準備に取りかかった。この荒涼とした火山の山裾のどこかの海で早くダイビングをしたいと気もはやる私は、ダイバーを運ぶために仕立てたゴムボートに乗り移る前に足びれを装着してしまい、タラップの途中に座ってゴムボートに飛び移ろうと身構えていたが、気があせった挙げ句、飛び降りるタイミングを誤って途中で、履いたままだった足びれが本船のタラップに引っ掛かり、私のからだは一回転して背中から、待ち受けているゴムボートに横倒しになったかたちで仰向けに落ち込み、構えている仲間の膝に背中が音をたててきしんで打ちつけられた。

その瞬間、私は家内の言ったことを思い出して、

「あっ、彼女の言うことは当たったなっ」

と感じとった。背中の衝撃の重さを気にしながら、装具を外し、慌てて本船に這い上がり、背中の様子を仲間に手でさわってもらって調べたら、仲間が押してさわってみても、別にたいした痛みもなく、仲間は

「いや、ただの打撲ですよ」

と、サロメチールを塗って励ましてくれたので、ひと安心したのだった。

夜、ダイビングをした仲間たちから

「何の魚も見なかった」

という報告を聞いて、思いがけず逸したダイビングの悔しさを紛らわし、夕食にも好きなだけ酒を飲んで、夕食後の夜釣りを舷側《げんそく》で楽しんでいた最中に、突然何かに後ろから殴られたような鋭い痛みが背中に襲ってきて、しゃがみ込んでしまった。そしてその痛みはますます高まり、ひと晩、こらえられぬような激痛としてつづいて、「これはどうやらさっきの墜落で、背中のどこかの骨が折れたに違いない」と悟らざるを得なかった。私には我が身に起った出来事が信じられず、自分の運命を呪う気持ちだった。背中の痛みに呻《うめ》き声を発しながら、夜を明かしたものだ。

翌日、幸運なことに、たまたま次のマウグでランデブーする約束をしていた私の大学の同窓の一、二年先輩だった富豪の森一《はじめ》さんが、かつてのミシシッピ川のフェリーボートを改装して汽船に仕立てるために、サイパンで買い取った百五十フィートのアルミ製の船が朝、マウグに到着し、私の怪我を慮《おもんぱか》った森さんが、フェスタ号よりはまだ船脚の早い、後にステラという私もたびたび船旅を相伴《しょうばん》した彼の船で、やってきた航路をまた逆戻りして、サイパンに私を送り届けてくれることになった。

着の身着のまま私は森さんの船に乗り移って、待望のマウグでのダイビングもあきらめ、北マリアナを虚しい思いを抱えながら南下することになったのだった。

途中、背中の痛みは刻一刻、激しくなって、呻き声をあげつづける私を見かねて、同行していた友人のひとりが達者な英語で、無線でサイパンの救急センターを呼んで相談したところ、私たちが向かう南のパガンという島に小さな飛行場があるが、火山の爆発で飛行場は半ば埋もれてしまってはいるけれども、滑走路が半分近く残っており、救急の飛行機ならばなんとか着陸出来るだろうということだった。故にもパガンで待機しろということで、パガン島にたどりついた私は、本船からまた小型のゴムボートに乗り移り、波で揺れるボートの中で身を横たえ、波の揺れに揺すられて、激しく痛む背中を案じながらパガンに上陸した。

かつて人が住んでいたというパガンには、彼らが飼っていた牛がいまだに残っていて、これが野生化し、仲間同士殺し合った死体が点々として残されていて、凶暴化した牛がいつ襲ってくるかもわからず、その時には木に登って逃れればいいと誰かは言ったが、しかし骨折している私にはとてもそんな木登りなど出来るわけもない。そんな身をなんとかこらえながら、牛たちの間を抜けて、尾根の上にあるかつての飛行場にたどりついてみると、聞いていたとおり、滑走路らしい跡地はあったが、その半ばは噴き出した溶岩で埋もれていて、とてもこんな短い滑走路では飛行機が飛んでこれようもないありさまだった。それでもしばらくして、奇妙な短い比翼の幅だけ広い、まるで羽を広げた蛾のような格好をした不思議な形の飛行機が飛んできて、旋回の後、なんと果敢にも灰で埋もれた滑走路に着陸を果たして、私をしまい込んでくれた。

それでもなお、こんな飛行機が果たして、この短い滑走路で離陸出来るかどうか、私にはなんとも危ういものに見えて仕方がなかった。たぶんこのままではこの飛行機は飛び上がることは出来ずに真下の海に浮上せぬまま墜落するのではないか。その時には身動きの出来ぬ私だけが、この飛行機と一緒に海に沈んで溺れ死ぬだろうという覚悟までしたものだった。飛行機はやがてエンジンを再回転させ、斜め下の海へ向かって滑走を始め、なんとか奇跡的に離陸し、水面すれすれに飛んで上昇を果たし、数十分後に私をサイパンに届けてくれた。

サイパンでかつぎ込まれた病院で、私を診察したインド人の医師は、

「もし背骨を痛めているのなら、もっと高度な機能を備えているグアム島の軍の病院へ行くべきだ」

と言ってくれた。ということでさらにサイパンから同じ飛行機に乗せられて、グアム島へ運ばれて行ったものだった。

グアム島に着いて救急車で運ばれた大きな海軍病院で、背骨のレントゲンを撮ったが、撮影のあと濡れた写真を持って出てきたベテランらしいレントゲンの技師に、

「背骨は大丈夫だろうか」

とまず質したら、笑って手を振った彼に、

「いやいや、背骨なんて全く傷ついてはいやしない。大げさなことは考えないほうがいい」

と告げられ、ともかく安堵の息をついたものだ。そして、診断は自分の専門ではないからということで、やってきたマレーシア人の若い医師がそのフィルムの写真を手にして眺めて、

「いや、全く心配ない、心配ない」

と、私の肩を叩いてくれたが、そのレントゲン技師が若造の医師を呼び止めて
「ちょっとドクター、肋骨《ろっこつ》にちっちゃなヒビが入ってますよ」

と写真を指さして促したら、その医師が、なるほどと頷いて気づき、

「確かに一個、ここにひびが入ってるな」

というご宣託だった。いずれにせよ、たったひとつのひびで済んで、背骨は折れている状態ではないということで、本当に嘆息して安心し、やっと肩の荷がおりた思いで、車で日航ホテルに赴いてチェックインし、次の日の飛行機の予約を入れ、久しぶりにシャワーを浴びた。空腹のまま過ごした何日かを振り返りながら、ともかくこれで背骨のケアの心配はなくなったと、自ら安んじて、ひとり久しぶりにゆ

っくりした思いで、食堂でステーキを注文し、ほとんど四日ぶりの酒を一杯ならよかろうと、ステーキを食べながらカンパリソーダを飲んだ。

そのカクテルの旨かったこと。肋骨の一ヵ所のひびならばまずは安心だと勝手に増長し、つづいてダブルのウイスキーのハイボールを注文して飲み干したら、部屋に戻った瞬間、骨折へのアルコールの効き目は実に正直で、あのマウグの夜釣りの時と同じように突然、背中から金槌で殴られたような痛みが、アルコールの酔いとともに蘇ってきた。

翌日の飛行機で、ほうほうのていでグアム島を発ち、東京に舞い戻ったが、東京でかかりつけの外科に通って治療を受け、もうそろそろいいだろうという時期に、「念のために同じ角度でなしに、違う角度から写真を撮ったらどうだろうか」と医者に注文し、医者も頷いて、角度を変えて撮ってみたら、なんと一ヵ所とグアムで言われたひびが、実は二ヵ所あったという始末だった。

あれだけの衝撃で二ヵ所の軽いひびだけで済んで儲けものだったと思っていたが、

その年の暮れにかかりつけの主治医に行って身体検査の時、いつも撮っている肺ガンのチェックのための、正面からの平べったい胸部写真を撮ったら、その医者が「あなたは二ヵ所と言っていたけども、実は三ヵ所、骨折の跡がありますよ」と言う。この三つ目のひびはかろうじて折れてはいないが、かなりきわどいところで止まっていて、これだけのズレがあったならば、よく血胸《けっきょう》を起こさずに済んだものだねと言われたものだ。

なんのことはない、あの北マリアナでの呪われた旅は、実は家内の予言のとおり、死はもたらさなかったけれども、三ヵ所の肋骨の骨折という、とんでもない代償を私に払わせてくれたのだった。

私はこれから残された人生の中で、出来ればもう一度あの北マリアナの海でのダイビングに挑戦してみたいものだと思っている。しかし今度はまた改めて家内に気学の占いをたててもらい、気学上でも万全の保証をしてもらった上でのことだろうがな。

次ページ右上
葉山沖からスタートして初島（はつしま）をまわり、大島を回航して葉山沖がフィニッシュの伝統の島まわりレース、二〇一二年第六十二回大島レースでのコンテッサ十三世の優勝トロフィー。

次ページ左下
数々のヨットレースのエンブレムワッペン。

2012年KTS
IRCクラス
総合優勝
CONTESSA XIII
関東外洋四団体
SHONAN
N.O.R.C.
SUNTORY
CUP

憧れの大《だい》環《かん》礁《しょう》へ

レン

ヘレンという可憐な名前のついた、私が知るかぎり、おそらく世界有数の大環礁《だいかんしょう》(円環状の珊瑚礁)について知る者はほとんどいまい。ヘレンについて知っている者は、幸せなごく選ばれた者に違いない。

精密な世界地図を見ると、この世界有数の大環礁はぽつんと一点として記されているが、大きな世界地図の太平洋篇の中にも記されているくらい、実は大きな環礁なのだ。北緯五度に近い絶海のこの大環礁は、南北の縦の長さおよそ十五マイル、その幅六、七マイルもある環礁で、この環礁の存在を知る者は皮肉なことに、船舶に関する保険の詐欺を企む限られた輩《やから》だけに違いない。

僅か南にくだれば赤道に近い。そしてインドネシアの領海にも入ってしまうこの絶海の環礁は、船の難破を偽装して保険金の獲得を企む輩にとっては、絶好の船捨て場で、その環礁のあちこちにまるで時計の文字盤の時刻を示す数字のように、点々と大きな漁船、それもかなり大きな二、三百トンの漁船がのりあげ、環礁に乗り捨てられている。中には、これは戦争中のことと聞いたが、日本船籍の二万トン

前見開きページ
世界の海の貝殻や珊瑚。逗子(ずし)邸のサロン。(二〇一四年五月)

に近い貨物船が座礁《ざしょう》したまま捨てられている。

保険会社のサーベイヤー（調査士）たちはとてもこんなにかけ離れた大環礁まで出かけて行って、座礁という海難の正否を質《ただ》すことが出来るわけもあるまいから、結局、申告のままに、船にかけた保険金は船主に支払われるに違いない。

いずれにしろ、私は全くの僥倖《ぎょうこう》でこの大環礁を訪れることが出来た。というのは、私の先輩で、日本一の自動販売機の販売量を誇るアペックスの創業者の森一《はじめ》社長が、娯楽で始めた釣りのためだろう、かつてアメリカのミシシッピ川で、荷物や人を運ぶフェリーボートとして活躍していた、大きな総アルミ製の中古船を買い込み、大改良をして豪華なダイニングとキャビン付きの、いわゆるラグジュアリアス・ヨットに仕立てた汽船に同伴させてもらった。森さんが海の道楽の拠点にしていたパラオから、噂に聞いていたヘレンなるロマンティックな名前のついた環礁に出かけてみようということで、こちらはダイビング目的で同伴を許されたものだった。

残念ながら、改良された船の船速はあまり速いものではなく、巡航速度八、九ノットの汽船はパラオ本島を発して、途中トービ、メリルというこれも小さな孤絶した島を経て、丸一昼夜かけてたどりつく遠さにある、ヘレンはまさに絶海の孤島だった。前述のように、縦の長さ十五、六マイル、幅六、七マイルというこの大環礁の北側には、小さな砂洲《さす》があって、海鳥たちの絶好の巣になっているが、この巨大な環礁の内側は打ち込む波もなく、全くの静水《せいすい》で巨大な鏡のように、静まりかえった湖に似ていて、環礁の外側はそのまま垂直に落ち込むドロップオフだった。

一昼夜走ってたどりついたこのヘレンは、皮肉なことに環礁の中に入るパッセージ(水路)は、誰が見つけたのか西側の環礁の裂け目一ヵ所だけで、特に一昼夜走って朝にたどりついた船にとっては、朝方の東に昇っている太陽の逆光で幅五十メートルもない、この唯一のパッセージはなかなか発見しにくい。

決して速いともいえぬ船で、一昼夜過ごしてようやくたどりついた、憧れの大環礁の水路の近くで、アンカー(錨《いかり》)を打って止めた船から、早速、ゴムボートを仕立てて、水路のすぐ外側のドロップオフに潜ったが、これはまさに数えきれぬほどの多種類の魚たちのひしめく水中のシンフォニーのような景観で、私たちはその魚を追いまわすゆとりもなく、ドロップオフの岩に腰かけて、固唾を呑みながら、魚たちのつくる大パノラマに飽かずに見入ったものだった。

そして、このあと突然、私たちの目の前にとんでもない魚が姿を現わしたのだ。それはシマアジ（縞鰺）という、水中のハンターたちにとっては目も眩むような高級魚で、因みに昔、私が偶然通りかかった髙島屋の地下のグルメ売り場で見たところ、プラスチックの箱にしまわれた四切れの天然シマアジの切り身は四枚合わせて二千円という、とんでもない値段がついていた。

ということで、私は銛《もり》を構えて慌てて飛び出し、この格好の獲物を狙いにかかったが、その気配を察してか、大きな雌を三匹も従えた、目の下二メートルに近い大きなシマアジは、たちまち反転して消え去ってしまった。

そしてそのあとに、これは食べて食べられぬこともないアオチビキ（青血引）が姿を現わし、私は漁の手始めにそのチビキを撃ったが、さきほどのシマアジの出現に慌ててセットした銛先を返すのを忘れていたので、魚に命中した銛は、魚の動きでそのますますっぽ抜けて外れてしまい、チビキはドロップオフの水底に落ち込んで姿を消してしまった。

と思ったら、これは魚同士の不思議な感覚によるものだろう。おそらく同類の魚が銛に撃たれてあげた悲鳴のようなものを聞きとった、さきほどのシマアジが物見高い様子で、

「なんだ、なんだ、いったい何があったんだ」

という風体で戻ってきた。そこですかさず、私は銛先を返して、その獲物に命中させたが、相手が相手なので、手元があせって、魚の急所を外れて、胴体のまん中に銛が命中し、銛先は返って外れはしなかったが、水中でのたうちまわる魚を仕留めるために、同僚のひとりが私の間近から、私の顔すれすれに銛を放ったものだが、それもあえなく外れて、この格好の魚を取り逃がしてなるものかということで、その同僚が魚にしがみつき、とどめをさして、この初漁でのものすごい獲物を手にし

て本船に戻ることが出来た。

私たちの仕留めたシマアジを見て、船長を務めている、以前、どこかの漁船の漁労長をしていたという松下船長が驚き、

「いや、これは大変なものです。どうか船員たちにも相伴させてくださいよ」

ということで、当然快諾したが、私たちが仕留めた獲物に目を丸くしているベテランの船長に、因みに、あの髙島屋で見た僅か四切れの切り身に二千円という値段がついていたこのシマアジは、河岸《かし》の競りにかけたら、いったいどれだけの値段がつくものかと質してみたら、首をかしげた漁労長は、

「いや、これはとてつもない高い値がつくでしょう。おそらく二十万近い値打ちがあるものだと思います」

と言ったものだった。

それから数日間、波も立たぬ環礁の中で過ごしたダイビング三昧のあの経験は、忘れられない。膨大な環礁の随所にはいろいろな魚が群れていて、因みに手話の名

手と出かけた時には、船から僅かな水中で、なぜかそれが彼らの習性か、星雲《せいうん》のように固まって大きな群れを成しながら、輪を描いて群れているギンガメアジ（銀河目鰺）の群れを目にすることが出来た。

私はもっとほかの高級な獲物を狙って、強力な水中銃のスーパーマグナムのゴムを入念に引きつけ、フックして溜めていたので、ギンガメアジには目もくれずに、先を急ごうとしたら、同僚の手銛の名人が私を引き止めて、ともかくこのギンガメアジを撃てと言う。私は手振りで、食べてもあまり旨くもないこの魚に見向きもせずに過ぎようとしたら、その男がレギュレータを外し、私の顔に口を寄せて水中で、

「刺し身！　刺し身！」

と怒鳴るので、ならばと頷いて、間近に群れているギンガメの大群の一匹を狙って、銛の引き金を引いたら、いっぱいに引きつけて溜めていた強力な銛銃は、なんと一発で、三匹のギンガメアジを貫いて仕留めたものだった。

さらに先に進むと、小さな家ほどもある巨大な巻き珊瑚が水中に見えて、おそら

くこの珊瑚がこれだけに発達して成長するまでに、いったい何十年の時がかかったものかと思われたが、おそらく今まで人間の目に晒されたこともないはずの巨大な巻き珊瑚を眺めながら、この絶海の大環礁の魅力に酔いしれた。

汽船のオーナーの森さんの底知れぬ情に甘えて、以来、何度かヘレンを訪れたが、この大環礁の外側のドロップオフを潜ってみても、不思議なことに、どこの海にでも見かけるサメ（鮫）を、一度も見たことがなかった。そういう意味でもこのヘレンという美しい名前のついた大環礁は、ダイビングのハンターたちにとって、全く心置きなく、海を楽しむことの出来る、天国のような島だった。

ある時、思い立って、私は森さんに、

「今度、ヘレンに出かける時に是非、あの大環礁の中で、カタマラン（双胴船《そうどうせん》）を操縦してみたい」

と願って、十五フィートのホビーキャットを購入して、船に搭載してもらい、次の航海の時に、これを組み立ててデッキから下ろし、貿易風の吹きそめる大環礁の中を自在に、海鳥のように自由に、彼らよりも速い速度で走りまわったものだ。

あの飛翔にも似たセーリングの恍惚を忘れることは出来はしない。あの膨大な環礁の中を浅瀬を無視しながら、時には底で岩を掠《かす》めながらも、自在に走りまわるセイリングは、私が今まで味わったことのない、ヨット乗りとしての恍惚そのものだった。

ヘレンというこの絶海の未曾有の大環礁は、環礁そのものの魅力だけでなしに、その周囲の海に底知れぬ未知の魅力を湛えている存在だった。あの航海の帰りに、私たちはおそらく誰も目にしたことがないだろう、なんとシャチ（鯱）の大群に出会って、船に並行して北上するシャチの大群を眺めながら満喫することが出来た。

聞くところ、シャチというのは、イルカ（海豚）にも優る頭のいい海の獣《けだもの》で、学者にいわせると、彼らが使っているシャチ同士の会話の言葉の数は、旧約聖書のボキャブラリーにも匹敵するという。そうしたおそらく、ほとんど誰も目にすることの出来ないだろうシャチの大群を、間近に眺めることが出来たのも、あのほとんど人間の通うことのない絶海ならではのことに違いない。

そしてその航海の帰り道には、パラオの本島へ戻る途中に、比較的ヘレンの間近にあるトービやメリルという可憐な小島にも立ち寄り、ヘレンとまたひと味、ふた味違う海を満喫することが出来た。

いつかどこかで偶然に出会った、島の観光を専門とするジャーナリストとの会話の中で、私がトービやメリルという島に寄った話をしたら、彼が顔色を変えて、私の話をからだを震わせながら、感嘆して聞いてくれるのに感動させられたものだ。

これも森さんという素晴らしい先輩の、並外れた贅沢な趣味の相伴をすることが出来たおかげで、こうしたおそらく他の余人が、味わうことの出来ぬ海の悦楽を与えてくれた先輩に、心から感謝せざるを得ない。

メリルという島には、パラオからから移り住んだある一族が住みついていて、年に一度やってくる森さんの船を見て、一族五、六人が海岸に出てきては、手を振って迎えくれたものだった。その折々に、森さんは船に積んである米やほかの飲み物や食べ物を相伴させてやり、彼らにとっては、それはまさに年に一度のクリスマスのプレゼントに匹敵する恩恵だったに違いない。

そのメリルで、私たちはまたゴムボートを仕立てて潜ってみたが、聞くところ、その島には地付きのキハダマグロ（黄肌鮪）の数十匹の群れがあって、四十分に一度という間隔で、島を周遊してくるそうな。

ということで私たちは場所を定めて、銛を構えて待ち受けていたが、相手が相手だけに、あまり大物を狙っても仕方がないので、打ち合わせて手頃な銛で仕留め、二、三人して獲り込むことが出来るサイズの魚を狙って仕留めた。

得意満面にその獲物を抱え、ボートに積み込んで戻ってみたら、私たちがダイビングをしている最中に、森さんたちは、ほかに仕立てたボートでのトローリングで、なんと七匹ものマグロを仕留めて釣り上げていた。

「こんなに大きな魚をたくさん仕留めて、どうするのですか」

と聞いたら、

「いや、彼らにくれてやりますよ」

と言うので、いささか惜しい気もしたが、船にやってきた彼らに、その獲物を進呈しようと申し出たら、かつての統治時代に覚えた日本語を話す、その一族の主人の老人が、

「魚はいらない」

と言う。なぜかと質したら、

「こんな大きな魚を料理をする術もないし、私たちは、ほかの浅瀬で地魚を獲って食べているので、この魚はいらない」

と言う。それを聞いて森さんは腹を立てて、

「この魚をもらって行かなければ、米も飲み物も、やらないぞ」

と言ったら、慌ててその主人が
「それなら、二、三匹もらいましょう」

ということで、私たちは彼らのカヌーに高価な獲物を放り込んでやったのだが、

私はその時、森さんに、

「彼らはきっと、あの魚を途中で捨てますよ」

と忠告したら、森さんも
「でしょうな」

果たせるかな、島へたどりついた彼らの様子を見ていると、島の洲浜《すはま》にカヌーを引き上げた途端に、彼らは彼らの手では料理のしようもないせっかくのキハダマグロを、こともなげに海に放り込んで捨ててしまったものだった。

なんと豊饒な海ということか。

左ページ
木製のコンテッサ二世。右端、スターン(船尾)で舵(かじ)をとるスキッパー(艇長)の著者。中央、赤いパーカーがリクこと、鈴木陸三氏。

二六二、二六三ページ
優美なコンテッサ八世。アメリカの名艇、エリクソン社製。メインセイル(主帆)、スピンネーカー(袋帆)、インナースピン。追い風のフルセイルで帆走。

881
188

1477
1477
1477
1477

1477
1477
1477

SLH
HJ2

JPN
188

CONTESSA XIII

夢の群島　カロリン諸島

既に述べたが、私は大学の先輩でもある、多趣味をもって知られる大富豪の森一《はじめ》さんの恩恵で、彼の持ついわゆるラグジュアリアス・ヨット、三百トンほどの汽船に便乗して世界中あちこち未知の島々を訪ね、ダイビングを楽しむことが出来た。

ある時、森さんの招待で、何を思いついてか、彼がかつて日本の領土でもあった世界有数の大環礁《だいかんしょう》、トラック島に出かけ、そこで社誌のための対談を船上でしたいということで、早速、時間をつくって同伴した。

我々が訪ねる島々というのは、いわゆるカロリン諸島の島々で、かつては日本の領土ではあったが、今では独立して小さな国をつくっている。未知の島々だけに何があるかわからないので、事前に東京でミクロネシア連邦の大使館の館員を呼んで、いろいろ事情を尋ね、便宜供与も依頼したが、彼らにしてみても東京の生活には慣れてはいるけれども、自分たちの統治が及んでいるそうした島々は、彼らにとってもほとんど未知の世界で一向に要領を得ないものだった。

いずれにしろ我々は、まずグアム島を起点にしてグアムから南下し、一昼夜かか

二六四、二六五ページ
クラシックスタイルの美しいコンテッサ十二世。アメリカの伝説のデザイナー、ハーショフの設計。希少なマホガニーとチークの木造は、アメリカのヨット職人の手による。マホガニーと濃紺の配色の妙、ガフリグという珍しい形の主帆、木造ならではの繊細な波音、すべてに趣がある十七フィートのディンギ。木造のヨットは丁寧な手入れによって、年々味わいを深めるという。（二〇一五年七月）

二六六、二六七ページ
新しいスピンネーカーとメインセイルが鮮やかに、海と空に映えるコンテッサ十三世。四十フィートのフランス・ベネトウ社製。（二〇一五年八月）

って最初の島のウォレアイにたどりつき、そこでカロリン諸島に絶大な影響力をもつといわれているハイチーフ、かつての大酋長に引見《いんけん》し、いろいろことを確かめた。絶大な影響力をもつというそのハイチーフは、かつての統治時代には日本語を堪能に話した人物で、何にやられてか両眼を失明して、しかし痩身ながらなかなか居ずまいのいい威厳のある人物だった。彼の家で面談し、握手ののち、会話が始まったが、その時に彼がいかにも懐かしげに、

「そうか、あなた方日本人か。日本人が来るのは久しぶりで懐かしいね。私に出来ることなら何でもしてあげるから、率直に言いなさい」

ということで、これから赴く島の事情を尋ねたりした。会話が一段落した後、ハイチーフが
「私たちの島はもうだいぶ時代に遅れて、みんな貧しいから、みんなのために少しお金を置いていってほしい」。

　私はそれを心外なものとして、

二六八ページ
小網代（こあじろ）沖の「慎太郎ブイ」を回航するレース、ミッドサマーレガッタ。スタート直後のコンテッサ十三世。（二〇一五年八月）

「いや、こちらに出かける前に東京で大使館の連中と話をしたが、彼らは島への献金のことなどひと言も言わなかった。それは話が違うな」

と切り返したら、ハイチーフが私の言葉に薄笑いを浮かべて、

「大使館など何も事情は知らないし、彼らに何の力があるものではない。これらの島々は私がすべて司《つかさど》っているのだから、私の言うことを聞いてほしい」

と言いきったものだった。同席していた船のオーナーの森さんが、

「いいじゃないですか、石原さん、お金で済むことなら」

と促して、いったいそれではいくらの献金が欲しいのかと質《ただ》したら、何と思いがけなく四百ドルほどだという。そこで森さんが、

「安いものじゃないですか」

と私に囁《ささや》いて、早速、懐からドル札を取り出し、中から百ドル札を四枚抜き出して側《そば》に控えている、これは目の見える副大酋長に手渡した。

そして一ドル札も百ドル札も皆同じサイズの当時の米札だったから、副大酋長は

手にした百ドル札を改めて確かめ、それを一枚ずつ、何か囁いてハイチーフに渡した。受けとったハイチーフは満面の微笑で大きく頷き返し、

「どうもありがとう。おかげでみんな喜ぶと思うし、心から私たちは久しぶりに日本人を歓迎するよ」

と言ってくれた。その僅か四百ドルの献金を彼らがどのように分配し、どのように使うかは見当もつかなかったが、彼らの満足げな表情を見て、けっして豊かとはいえない隔絶された島々にとって、僅か四百ドルの献金が私たちの想像を超えた結構な贈り物であるに違いないという感触を得て、私と森さんは頷き合ったものだ。

そうしたら手にしたその札を、副大酋長に手渡して戻しながら、老齢のハイチーフがおもむろに

「これで、みんなとっても喜ぶと思うよ。あなた方をどこの島も心から歓迎するだろう」

と言うので、私はすかさず、

「どれだけの漁獲があるか知らないが、ダイビングで日本でなかなかしにくい水中銃での漁を楽しみにしてきたから、魚はたくさん獲りますよ。魚は獲ってもいいね」

と言ったら、ハイチーフが頷いて、

「どうぞ、好きなだけ魚を獲りなさいよ」

と言ってくれた。ということで力を得て、これからの航海でのダイビングに大きな期待をもったが、その時にハイチーフが
「みんなあなた方を歓迎するから、何をしてもいいが、ただしひとつだけ、注意しておくけれども、島の女たちには手を出すな」

と言ったのにには驚かされた。

その島を発って、最終地の大環礁のトラック島（チューク諸島）までの道のりの途中の、そうした島々に主権を唱える行政機関がどれだけの影響力をもつか知れたものではないが、これだけの僻地になると、やはり昔からあるハイチーフが、なまじの政府や議会なんぞを超えた絶大な影響力をもっているという実感がいかにもした

のだった。

昔、飛行機でいくつかの島を経由して、赴いたことのあるトラック島には、やはりハイチーフと称する日本人の相沢進という人物がいて、彼はかつて高橋ユニオンズのピッチャーまでしたことのあるタフガイだったが、彼もまたウォレアイの大酋長と同じように、議会なんぞ全く無視したもののいいようで、日本でプロ野球の選手になって活躍しただけあって日本贔屓で、戦後、日本人に代わってそれらの島々を統治したアメリカ人に対して極めて批判的だった。

彼に言わせると

「布教にやってきたキリスト教の宣教師が、島に伝わる伝統的な踊りや歌を禁止し、代わりに賛美歌を教えまくり、今ではそうした伝統の文化がすたれてしまって、若い人たちに伝えようとしてももう既にそうした芸術家たちが高齢化して、我々の伝統を伝える術もない」

と言う。そして、やってきたアメリカ人はかつての日本人のように正当な労働を島民たちに勧めることもなく、種を蒔けばレタスでも何でも生えてくる恵まれた条件の中で、農業を振興させた日本人に比べて、彼らを甘やかせ、かつて日本人がつくった農事試験場は今では荒れ地に変わり果てて、レタスまでもアメリカの本土から輸入して買うような体たらくだと、慨嘆《がいたん》していた。

翌日、ウォレアイ環礁を出発して、約半日かけてたどりついた次のエアウリピクという島でも、驚くべきことが次々に起った。第一、島のリーフ（礁《しょう》）の外側に、錨《いかり》を打って停泊した私たちの船に、どう知らされてか、リーフの暗礁を縫って、迎えのカヌーがやってき、その船にも統治時代に覚えた日本語を話す老人が乗って、私たちに歓迎の言葉を伝えてくれた。いったい電気も何もない、百キロ以上も離れたこの島に、私たちの来航がどうやって伝えられたのか摩訶不思議な話だった。まさか伝書鳩を使ったわけでもあるまいに、彼らには私たちにはわからぬ、島から島へのコミュニケーションのどんな手だてがあるのだろうか。

いずれにしろ、島の連中は私たちの船が島に到着する前に、私たち日本人が近々に船を仕立ててやってくるということを知っていたのだ。

まもなく、船に向かってメッセージを伝えに来た老人に代わって、島の娘たちがやってきた。彼女たちは発育盛りの乳房《ちぶさ》がようやく膨らんできた十代前半の娘たちで、上半身は何もまとわずの半裸、腰にはハワイではラバラバという柄のついた布もので、スカート代わりに下半身を巻いた衣裳ひとつで、彼女たちがカヌーを漕いで船にやってき、もの珍しげに私たちを眺めては手を振るので、私がたまたま手にしていたチョコレートの板を投げ与えて、手まねで

「食べてみろ」

と言うと、生まれて初めて手にしたチョコレートを彼女たちは、言われるまま臆せず紙を剝いて口にしていた。そして、生まれて初めて味わうチョコレートの甘い味わいにからだ中で歓喜の仕草を表し、身をよじって口にしたチョコレートのおいしさに感謝し、私たちをさながら救世主を仰ぐような眼差しで眺めて、今、与えられた初めての食べ物のおいしさに喜ぶ様《さま》を全身の表情で伝えてきたものだった。

それは何とも眺めていじらしい、そしてまた懐かしくも美しい仕草で、たった一枚のチョコレートが彼女たちに、時を超えて文明の恩恵を伝えてくれた。

その時、私はなぜか、この旅の始めにあのウォレアイ島で会った盲目ハイチーフの言葉を思い出していた。

「これからの旅で何をしてもよいが、ただし女に手を出すな」

少女たちのそんないたいけない、いじらしいほどかわいい様子を眺めながら、私がふと、

「この中の誰かひとりを船に呼び上げてかわいがって、一年たって来てみたら、その子が赤ん坊を抱いて出迎えてみたりするかもしれないなあ」

とひとりごちたら、隣にいた船長が慌ててもたれていた手すりから身を起こし、まじまじと私を見つめ、腕を捉えて、

「冗談じゃありませんよ。やめてくださいよ。まさか本気じゃないでしょうね」

真顔でたしなめたものだった。

左ページ
一九六三年、コンテッサ三世で初参加を果たしたトランスパックレース（トランスパシフィックヨットレース）。ロサンゼルスから太平洋を横断し、ハワイのホノルルにフィニッシュ後の、晴れ晴れとした表情の仲間たち。前列右から二人目が著者、三十歳。

その時私がそんなことを漏らした所以は、思い返してみると、生まれて初めて一九六三年、憧れの太平洋横断のヨットレース、トランスパックレースでロサンゼルスを発ち、半月近くかかって、ハワイのオアフ島に着いた時の記憶が伏線にある。まだまだその頃は日本人の観光客も少なく、エキゾチシズムの漂っていたオアフで歓待され、ローカルの娘たちにも結構もてていい思いをしたものだったが、そんな話をレースの表彰式のパーティーで、他の競争艇のベテランの年配のクルーに話をしたら、その男が肩をすくめて、

「こんなハワイのどこがそんなに気に入ったんだ。それなら思いきって足を延ばして、もっと南のマルケサス諸島のどこか離れた島に行ってみろよ。それこそこんな歓迎で済むものじゃないぞ。帰る気がしなくなるほど、もてて仕方ないぞ。島あげての歓迎のパーティーのあと、俺が酔っぱらって船に戻ってデッキで寝ていたら、さきのパーティーで俺と一緒に腕を組んで踊った娘たちがなんと、沖に舫《もや》った船まで泳いでやってきて船によじ登り、俺に向かって、ふたりで愛し合って『スクーナ

ベイビー（schooner baby）』をつくってくれとせがんだものだったよ。そんなことがあたりまえにあったあの島に比べれば、ハワイなんぞたわいないものだ」と嘯《うそぶ》いて、俺たちはこの島に長居をしたら二度と国に帰れなくなるかもしれないなあということで、夜明けにみんなして目を覚まし、錨を上げ、帆を揚げてその島から無理やり離れたものだったと言う。

そう言われて唸ったものだったが、それが船で気ままな旅をする勝手な男どもの夢ということだろう。で思わずそんなたわいのない独り言を漏らしたものだったが、しかし今、私たちの目の前のかわいらしく初々しい光景は、まさにスクーナ ベイビーの伝説を裏書きするものに違いなかった。

ハワイアンソングのスタンダードナンバーのひとつ、「Beyond the Reef（珊瑚礁の彼方《ビヨンド ザ リーフ》）」の歌詞からして、そんな勝手な男の夢を唄ったものだろうに、「Beyond the Reef」はメロディーといい歌詞といい、海をさまようヨットマンたちの僻地の島でのロマンスを歌い上げた素晴らしい曲で、私はいつも愛唱しているけれども、

次見開きページ
一九六三年のトランスパックレース、ロサンゼルススタート直後のコンテッサ三世。法被（はっぴ）を着てスターン（船尾）の手すりに腰掛けた著者。

Beyond the reef
Where the sea is dark and cold
（中略）
Will she remember me
Will she forget
I'll send a thousand flowers
When the trade winds blow
I'll send my lonely heart
For I love her so

という文句の舞台としては、この島のこの少女たちはまさにうってつけに思えたのだった。そんな妄想をかきたててくれるほど、カロリンの孤島たちは文明から遥かに隔絶されてその野趣も失わずに、まさに海を行く旅人にとって夢の舞台にほかならなかった。

そして彼女たちが引き返したあと、今度は生まれて初めて味わったチョコレートのおいしさを聞き伝えられて、好奇心に駆られた若者たちがすぐにカヌーを漕いで船にやってきた。手元にはもうチョコレートはなく、代わりに何をプレゼントしようかと考えていたら、船のコックが、グアム島で船主の森さんが何を思いついてか、衝動的にたくさん買い込んで冷凍庫に仕舞い込んでいたかき氷を、コックとしてはこんなものどうせ誰もほとんど食べはしないのだろうから、連中にくれてやってくれということで、シロップのついたかき氷を上から投げて与え、彼らに「食べろ」と促してみた。

電気のない島に冷凍庫があるはずもなく、おそらく生まれて初めて味わう南国の空の下での氷の味わい、そしてシロップの甘味の味わいに、彼らも先刻の少女たちと同じように初めて口にしたものの感触に驚いて、ガツガツかき氷を口に入れているうちに、呑み込むのが早く、私たちが都会でも味わうのと同じように、急に氷を呑み込んだ喉から冷たさが頭に伝わって頭痛をきたし、彼らは今与えられたおいしいかき氷が、いったい何でこんなに恐ろしい痛みをもたらすのかと恨めしげに私たちを眺めて身もだえするので、私は慌てて身振りで、頭から海の水をかけろと促してやったら、言われるまま怪訝そうに言うことに従って、頭から水をかけたら、彼らが抱えていた頭痛がたちまちおさまったのに驚いて、やっと私たちを信じ、敬うような面持ちで見上げ直し、しきりに頷いて感謝するありさまは、これまた何ともいたいけなく懐かしい風情で、慌てて氷をかき込んで、頭痛で頭を抱えていた彼らの一変した表情を眺め直し、私たちは思わず大笑いしたものだった。

夕方になり、先刻やってきた老人が、またカヌーでやってきて、私たちを島の歓迎の宴に招待したいという。まず歓迎のパレードと踊りがあるそうで、黄昏時、暗礁の中の難しい水路を案内されるまま上陸した私たちの前に、総勢二百人に満たぬ全島民が並んで、なにやら島の歌を歌って歓迎をしてくれたものだった。老人の説明では、これから女たちの踊りが始まり、ついで男たちの踊りが披瀝《ひれき》されるという。

頷いて待ち受けていたが、何の段取りでか肝心の踊りが始まらない。
しばらくすると島の若者ひとりが私のところにやってきて、なんと彼は私がはめていたロ－レックスと同じウオ－タ－プル－フの時計をしていて、どこで覚えたのか片言の英語で
「あなたの時計では、今、何時か」
と尋ねてきた。そこで私は時計を見せて
「七時十分だ」
と言うと、彼が大きく頷いて
「そのとおりだ。私の時計でも今、七時十分だ」
つまり彼は、この島で自分ひとりが時計という文明の力を所有していることの誇りを披瀝しにやってきたのだろうが、それから十秒もたたぬうちにまたやってきて、
「あなたの時計では今いったい何時か」
と同じように言う。私が時計を見て、時を答えると、彼もまた大きく頷いて、

「しかり。私の時計でもまたあなたの時計と同じ時刻はこれこれだ」

と。

やがて陽が暮れてから、村の広場にかがり火が灯り、私たちへの歓迎の大舞踏会が始まった。これはなかなか迫力があるもので、さきほど船にやってきてチョコレートを食べて身をよじらせた少女たちを含めて、島中の老若数十人の女性たちが、腰巻のラバラバ一枚で隊を成し、男たちの囃して歌う歌と木をくり貫いた太鼓のような打楽器のリズムに合わせて、輪をかいて踊る。特に、年配の女たちのそれぞれ大きな乳房が、彼女たちが足踏みして踊る踊りに合わせて激しく揺れて壮観だった。ただ踊りそのものは別に凝った振付けがあるわけでなしに、手足を振りまわして、足踏みして踊るだけの踊りで、正直いって十五分ほどの踊りが終って、私たち招かれた観客もほっとしたものだった。

それからさらに休憩があって、なにやら簡単な衣裳をまとった男たちの踊りが始まるようだが、演出か準備に凝りすぎて時間がかかり、なかなか始まらない。そのうちに私はうんざりして嫌気がさし、同じリズム、同じ囃し歌の中で男の踊りを見ても埒があかないと思ったので、傍らにいた森さんに
「僕はどうもお腹が痛くなったので、ひと足先に船に戻って休ませてもらいます」

と言ったら、森さんが私の嘘に気づいてか、

「いや、石原さん、実は僕もお腹が痛いんで一緒に帰りましょう」

そう言い合わせて立ち上がった幹部たちに倣って、船の乗組員がぞろぞろ帰りかけたので、私はウォレアイの大酋長を思い出し、彼の好意でせっかくの大舞踏会が催されているのを無下に無視して帰るのは失礼というか、気の毒な気がして、

「いや、船に帰るのは我々幹部だけにしよう。君たちは今後の義理もあるから、ちゃんとここに居座って、せめてリズムに合わせて手拍子ぐらいして礼儀を尽せ」

と言い残して、水先案内の老人に
「実はお腹が痛くなり何人かは船に戻るから、また船までの水路を案内してほしい」

と言って、船に帰った。戻った途端、私たちは暗黙の嘘が成功したのに笑いあっ

て、その夜、改めて酒を飲み出したら、それを眺めていた件の水先案内の老人が、本気にしたわけではないだろうけど、私に向かって、

「あなたたち、本当にお腹が痛いの？」

尋ねて、

「いや、痛い」

と、答えたら、

「じゃあ、島で水でも飲んだのかね」

と言うので、

「実は島の水を飲んだ」

と言ったら、途端に老人が、

「それは良くない。島の水を飲んだら、日本の人には水はきつすぎて、島の水は飲んじゃいけないよ。なんで飲んでしまったの、気の毒に。それなら、あんたたち、早く征露丸《せいろがん》を飲みなさい」

と言ったのには驚かされた。

征露丸というのは日露戦争の時に、大陸に出兵した兵隊たちが、現地の水を飲んでお腹を壊さぬように与えられた、なんとなくクレゾールの匂いのする飲み薬で、太平洋戦争の折にも南の島へ赴く兵隊たちに配られていたらしい。戦争中の日本軍はこの島にも進駐し、島の水を飲んでお腹を壊し、征露丸で救われたようだった。私たちを案内してくれた老人も、日本兵にその薬を教わったようだ。老人の口から昔懐かしい征露丸という名前を聞いて、私たちは驚いたものだ。

そのうち、老人も私たちの様子を見て、帰り渋って

「私も、もう少しこの船の上にいていいかね」

と、勧めた酒を飲みながら、相談するので、

「いや、おじいさん、それは良くないよ。彼らがいつ帰ってくるかわからないし、その時の水先の案内もいるから。やっぱり島へ帰って彼らの面倒を見てくれ」

と酒の残ったウイスキーの瓶を瓶ごとさし出して、肩を叩いて船から押し出した。

その島を過ぎて、さらにいくつかの孤島を経て、最終目的地のトラック島に向かったが、まわりの島を過ぎてしばらくして、南の水平線に遠く過ぎる島影を見ての航海の途中、行く手に思いがけずランナーボート（ランナバウト）で、大海のまん中で錨を打って、釣りをしている連中を見かけた。

「いったい、なんでこんなところに、原住民が小舟を仕立てて釣りなどしているのだろうか」

と訝《いぶか》って質した私に、船長が

「チャートを見ろ」

と言う。見るとなんと、彼らのいるあたりは、ヒッチ・フィールド・バンクという水深、セブン・ファザム、つまり人間の両手を広げた長さは一尋《ひとひろ》、ファザムというが、七尋《ひろ》というと両手を広げた幅の七倍、およそ十三メートルほどの浅瀬の続く水位が広がっていたのだ。

早速、船を留めて潜水の道具をつけ、潜ってみると、海図の示したとおり、彼らが釣りをしているあたりの海は、僅か水深十三メートルの海底の水位がおよそ一マイル、一千メートル四方ほど広がって見えた。そこに南に見えた島からやってきた連中たちが、釣りをしながら飲んで捨てたコカコーラの空き瓶やビールの空き瓶が、水底に転がっているのにはうんざりさせられた。

太平洋のどまん中の、このまさに孤島に匹敵するバンクに、おそらく巨大なマンモスタンカーならば十五メートルの水深以上のキールをもつに違いないので、座礁《ざしょう》もし兼ねない、この誰も知ることのない太平洋のまん中の海底の水位に、釣りをする連中が捨てた空き缶や空き瓶が転がっているというのも、眺めて何とも虚しいような空恐ろしいような、うんざりさせられる光景だったのを覚えている。

いずれにしろ、私たちはさらに進んで目的地のトラック島に着いて、航海の疲れを癒したが、多趣味の贅沢極まりない先輩のおかげで、私たちはおそらく戦後誰も通ったことのない海の道のりを経て、夢のような航海をすることが出来たのだった。

CHANGE
運輸大臣就任記念

限りない変化の海　グレートバリアリーフ

南半球のダイビングの聖地といえば、なんといってもオーストラリアのグレートバリアリーフということになるが、このグレートバリアリーフも赤道近い北の海から始まって、下はかなり緯度の低いケアンズのある水域を通り越し、さらに南のゴールドコーストに至る細長く幅の広い海域だ。グレートバリアと名づけられた、つまり巨大な障害のリーフとは、かつて南半球にあると信じられていた幻の大陸を探しに、英国政府の命を受けて、南太平洋を探索した世界一の航海者、キャプテン・クックがこの水域にまわり込み、次から次に現れるこの平水《へいすい》の連なる穏やかな水域の複雑な危険性に、彼らとしてもさすがに音を上げてつけた呼び名のようだ。

まさに、これらの広い水域には外海の波の険しさにも増して、一種の環礁《かんしょう》に似たリーフの内海は穏やかではあっても、それに反して、点々と数限りない暗礁《あんしょう》が巡らされていて、航海者にとっては全く油断のならない水域だ。

因みに、キャプテン・クックというのは、星を観て、いま自分の船がいる位置を正確に把握する天才であって、おそらくその頃の天測機器は今の六分儀《ろくぶんぎ》、セキスタ

二九四ページ
日本外洋帆走（はんそう）協会の会長を務めた著者らしい書斎の一角。

ントとは違って、四分儀《しぶんぎ》だっただろうが、それでもなお、彼はそれを使って、見事に船位を確認し、その地点地点で、船を止めては水深を測り、それを海図に記載して残した。故に、現在使われている世界の海図の中で、キャプテン・クックがその長大な航海の中で測量した数多い地点の水深は全く正確で、今でも見事に通用する、航海をする人間にとっての貴重な遺産となっている。

これに比べれば、小説で有名な『白鯨（モービィー・ディック）』の主人公のエイハブ船長は、あまり天測が得意でなかったようで、その天測の最中に癇癪を起こして、その四分儀を甲板に叩きつけ、モービィー・ディックに襲われて失った片足につけた義足で四分儀を踏みつぶしてしまったという一節があるくらいだが、彼に比べれば、キャプテン・クックはまさに天才的な航海者だ。

前にも記した私の先輩の富豪の森一《はじめ》さんの汽船で何度か、このグレートバリアリーフを航海し、あちこちでダイビングをして楽しんだものだが、また時を違えて、これまた海好きの富豪のひとり、大京観光を徒手空拳《としゅくうけん》で興して、見事な会社に仕立て、マンション王とも呼ばれたライオンズマンションのオーナーの横山修二社長が、オーストラリアにさまざまな開発を行っていて、彼の最後の持ち船、これは長さ三百フィートもある巨大な贅沢極まりない汽船にも便乗させてもらい、ある時など、招待されて赴いたケアンズで、横山さんの気が変わり、せっかく仕立てて航海に赴くはずだった、「フェスタ」の二十三号の汽船を家族で借り切りにして、言われるまま、勝手気ままにグレートバリアリーフの中や、あるいはその前に森さんの汽船で、遠出して赴いた珊瑚海まで乗り出して、海を楽しんだものだった。

森さんの汽船で生まれて初めて、グレートバリアリーフを外れて赴いた珊瑚海というのは、ほとんど手つかずの海で、珊瑚海といえば、太平洋戦争で日本とアメリカの海軍が、互いに船の乗員の顔が見えるくらいの至近距離で撃ち合った、有名な珊瑚海海戦で知られているくらいのものだが、この直後の第一次ソロモン海戦については、今は亡き丹羽文雄氏が『海戦』という素晴らしい臨戦記を書き残している。いずれにしろ、こんな海へ出かける酔狂な人間は滅多にいるものではない。

しかもこの豊饒な海はあちこちに大きな島に近い砂洲《さす》、ケイ（cay）をもっていて、そこは全くマリンスポーツにとっても未踏の世界でしかない。何年か前、森さんの船「ステラ」で私たちは、餌付けされている漁礁に集まる巨大なハタ（羽太）で有名なコッドホールのあるリザードアイランドを経て、珊瑚海に乗り出し、外海で一番近い、しかし一番大きな砂洲の島、オスプレイリーフに出かけたものだった。この島は全長一、二キロの砂が堆積してできあがった小島だが、その周囲には実に豊饒な魚たちが棲《す》みついていて、ダイビングして驚くことばかりだった。

オーストラリアの海軍がこの島について、いろいろ調査した結果が資料として残されていて、そのケイのある地点にはシャークポイントという名前が記されていた。海軍が調べた揚げ句、シャークポイントという名前をつけたぐらいだから、ここはサメ（鮫）の棲み処《か》に違いない。ということで私たちは十分準備して、チームを組んで潜水したのだが、潜ってすぐ仲間の田中君が手頃な魚を一匹仕留めた瞬間、獲物があげた悲鳴が魚同士の電波で伝わって早速、その獲物を狙って二メートル近い鮫が現れた。念のために携えていたポップガンで、その鮫を仕留めた。弾丸を撃ち込まれた鮫はきりきり舞いして深い水中に落ち込んで行ったが、なんとそれをどう捉えてか、今度はその鮫に代わる、二まわりほど大きな三メートルを超す鮫が数匹現れた。そこで、さらにその一匹にポップガンを撃ち込んだが、その鮫は前と同じように水底に姿を消したけれども、今度は、さらにそれを上まわる五メートルを超す巨大な鮫数匹が現れてきた。まるで、盛り場で絡んでくるチンピラを追い払ったら、代わりにその兄貴分が出て来、それを追い払ったら、今度はもっとその上の親分がとうとう姿を現したという体たらくで、場所が場所だけにさもありなんと覚悟していた私たちは、マークの梵天《ぼんてん》に従って、私たちをフォローしてきているゴムボートに向かって、水中の崖を背にして上がった。

その時、ゴムボートに乗って水中の私たちを上から観察していたダイバーの石川君が、ボートに上がってきて息つく私たちに向かって、

「いや、とにかく素晴らしい見物《みもの》でしたよ。まるで第二次世界大戦で、ドイツとイ

ギリスの戦闘機集団が向かい合って、いつ激しい空中戦になるのかというのを、固唾を呑んで眺める思いでした。さすがに最後に現れたあの五メートルに近い超弩級《ちょうどきゅう》の鮫は、珊瑚海の主みたいなものでしょう」

と言って、第三者の余裕で笑っていたものだった。

それからさらに場所を変えて、水中の行脚《あんぎゃ》をつづけると、水中に張り出した小さな岬を越えて、その先の懐の深い谷間を覗いて、私たちは息を呑んだ。そこにはなんと憧れのナポレオンフィッシュ（眼鏡持之魚《メガネモチノウオ》）が、子供から中には二メートルを超す大人まで含めて三、四十匹が割拠していた。噂ではナポレオンフィッシュを飼っている水族館は、世界中どこにもなくて、生きたままの一メートル程度のナポレオンフィッシュを捕まえて売れば、水族館は喜んで二百万円という高値で買うという噂だった。私たちは目を見張って、そのナポレオンフィッシュの大群を眺め、この次は大きな網を谷間に仕立てて、この群れを追い込んで一網打尽にし、世界中の水族館に売りまわって、巨万の富を得ようじゃないかと、たわいのない会話をしたものだった。

それよりも何よりも、このセーリングで極めて印象的だったのは、何度目かの夜に、船長が食事のあと、デッキで酒を飲みながら歓談している私たちに、

「皆さん、実は今夜、この島でこその、思いがけないことが見られますよ」

と言う。何かと質《ただ》したら、それはまさにこの地点でこそ、今夜の一時から皆既月食が見られるという。そして、

「少しベッドに入るのを我慢して、滅多に見られぬ皆既月食を、この船のデッキで堪能されたらどうですか」

と言われたので、それなら少し就寝を延ばして、皆既月食を眺めようということになった。そして、雑談しながら無理をして時間を延ばし待ち受けていたが、一時になっても一向に仰いでいる満月が陰っていく気配がない。さらに三十分が過ぎても、一向に月食の気配がないので、船長を呼びつけて質したら、船長が頭を掻いて、

「いやあ、私としたことが大変な間違いをしておりました。実は一時ということで

したが、我々の時計はオーストラリアの夏時間デイライト・セイビング・タイムに合わせていたのを忘れておりました。正確には月食は午前二時から始まるわけです」

と言った途端に、私はハタと膝を打って、あることを悟り直したものだ。

というのはそれより二十年近く前の忘れもしない一九六五年、私たちが二度目の太平洋横断レース、ロサンゼルスからサンタカタリナ島を経て、ハワイまでのヨットレースに参加した時、前回の六三年には、自分の会社の制作映画、『太平洋ひとりぼっち』のロケーションでサンフランシスコでの撮影に身を拘束されて参加が出来ずに涙を呑んだ弟が、満を持して、六五年の二度目のトランスパック（トランスパシフィックレース）には、一緒に乗れることになったのだった。その時のレース艇、ビル・ラップウォーズ設計の四十フィートの新艇は、実は弟が自腹を切ってつくった弟の持ち船だったのに、六三年のレースでは弟はそういうわけで涙を呑んで、日本人が初めて参加する太平洋横断レースのスキッパーの艇長《ていちょう》を私に任せてくれたのだった。

二年後の六五年のレースに、彼はようやく胸をときめかせながら、同じ船に乗り込んだのだが、彼の二年越しの期待があまり大きかったせいか、張りきり過ぎて、深夜も船酔いで伸びてしまった仲間に代わってウオッチを務め、からだが冷えきって四日目の夜からは虫垂炎を起こしてしまった。心配した仲間の獣医の資格を持つ福吉クルーが、船の中で炎症を抑えるために、持ち込んでいたお灸までしてくれたが、結局それでも治まらずに、ことが悪化したら大変ということで、レースに伴走しているコーストガード（沿岸警備隊）のデクスター（船名）を呼んで、救急のボートが接舷《せつげん》して、弟を救い上げてくれたものだった。

しかしそれ以前に、実は私は密かに悩みを抱えていたのだった。というのはナビゲーターとしてやってくるはずの男が急遽、急用で同乗出来ずに、私が代わってにわか仕込みの一番簡易な、しかし正確な漁船天測法でナビゲーターを務めることになって、日本での準備期間もカリフォルニアのホテルでも、海辺に出て持参したセキスタント（六分儀）を使って天測し、レースに備えてきちっと時角《じかく》を計算し整えて

左ページ
一九六三年とケース内に記された六分儀（ろくぶんぎ）。天測航法（てんそくこうほう）で船の位置を出す航海術で、六分儀を用いる。反射鏡と望遠鏡がついており、水平線と太陽、月、恒星などの天体を使って計測する。

予備練習を行ったが、そのたびに正確に位置が出て、線が引けた。

ところが肝心のレースが始まって、動き出した船の上で、ロールコール（定時無線連絡）の前に天測をして、備えていた手帖に数値を書き込んで、チャートの上に線を引こうとしたが、これがなぜか一向に出ない。何度やっても不思議なことに全然出ない。何か自分がとんでもない間違いをしているのではないかと、一緒に走っている日本の僚艇《りょうてい》の「チタ」に電話して、天測での一マイルはもちろん海図に使うシーマイルで、ランドマイルでないなどという馬鹿げた基本的なことを聞き直したりしたが、それでも位置が出ない。

最初の弟のレスキューの時には、だいたいの憶測でレクスターに自分たちの推測位置を報告し、奇跡的に次の日の朝方、太平洋の上でのランデブーに成功して、弟を救命ボートに移したが、弟はレクスターに移ったあと、温かい風呂に浸かり、冷えていたからだを戻して、盲腸の腹痛も治まった。ということで、もう一度船に乗りたいという連絡がレクスターからあったが、あいにくなことにこちらは自分のポジションが何度やっても正確に摑《つか》めずに、そもそも肝心の経度が出てこない。三度、四度繰り返し試みたが、裕次郎を再びヨットに連れ戻すことが出来ずに、レクスターはほかの船の伴走の責任もあるので、先にホノルルに入港してしまった。

私たちは弟にはるかに遅れてホノルルにたどりついたが、それも肝心のナビゲーターとしては、うっかりオアフ島を通り越してしまったら、その先は日本まで茫漠たる太平洋なので、太平洋の迷子になってしまったらと心を痛めた。それでもなんとかホノルルから出しているコンソランという独特の電波を捉えて、クロスベアリング（交叉方位法による船位の測定）をし、ようやく自分たちのポジションがなんとマウイ島の間近にあるということがわかり、このままやみくもに進むと、マウイ島の灯台の岩礁《がんしょう》に衝突して難破するという寸前に気がついて方向転換し、マウイ島の海峡も抜けて、オアフ島にたどりつくことが出来た。

私を出迎えた弟は、いらいらして自分のヨットの到着を待ちつづけ、肝心の役を果たすことの出来なかったナビゲーターの代役の私をなじったものだったが、私に

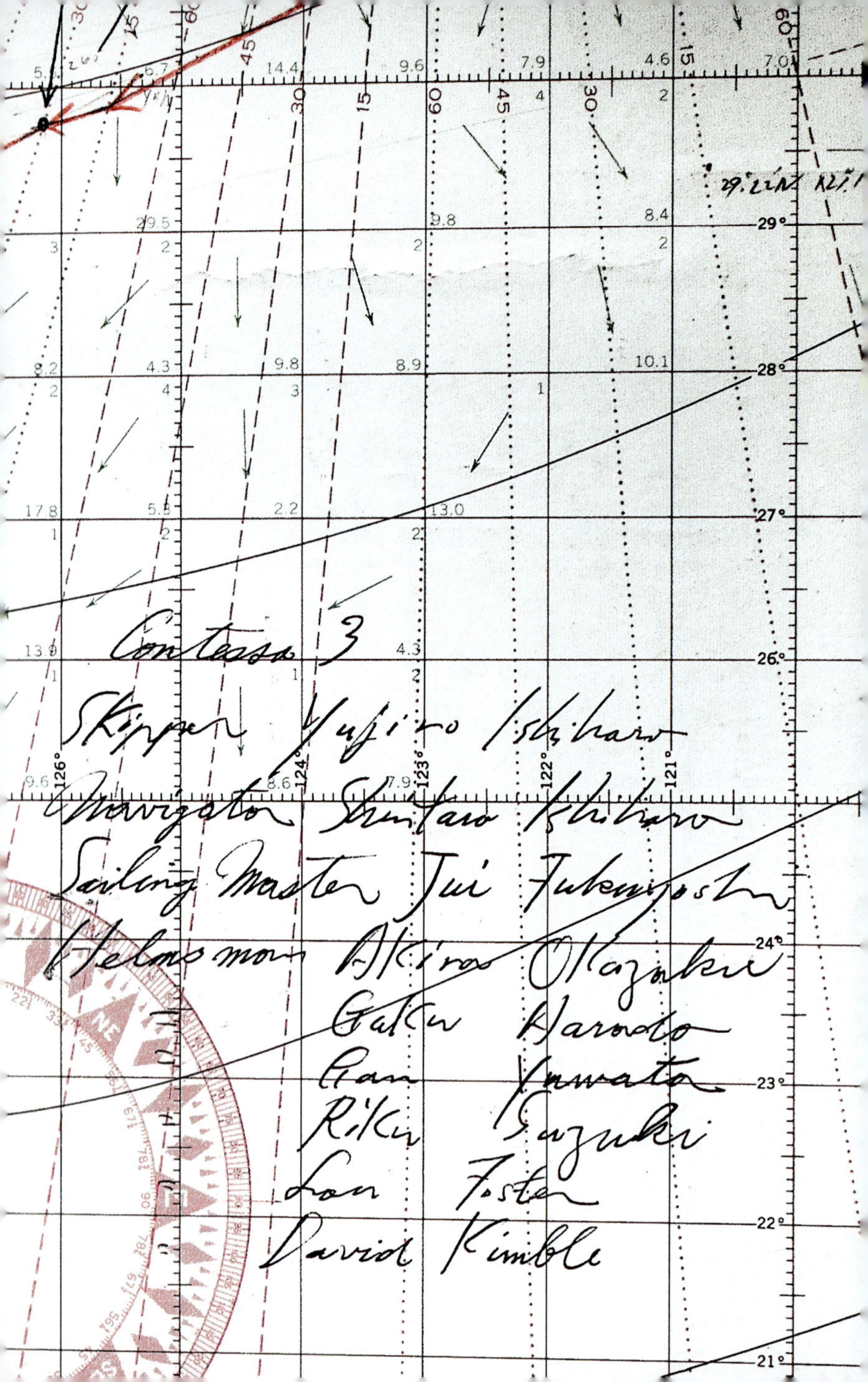
Contessa 3
Skipper Yujiro Ishihara
Navigator Shintaro Ishihara
Sailing Master Jui Fukuyoshi
Helmsman Akira Okazaki
Gaku Hamada
Gan Iwata
Riku Suzuki
Lou Foster
David Kimble
29°
28°
27°
26°
24°
23°
22°
21°
126°
124°
123°
122°
121°

は釈明をするにも、その自分のナビゲーションの失敗の原因がわからずに、むしろ、むきになって言い返し、彼のコンドミニアムで仲間たちと酒を飲みながら、危うく取っ組み合いの喧嘩になりそうな険悪なことにもなってしまった。

以後も、私は自分のナビゲーションの間違いというか、不能の原因が一向にわからずに、自分の学んだ漁船天測なるものの悪口を言ったりして、その本の著者から抗議まで受けたものだが、なんと、それから二十年近くたって、弟が死ぬ寸前に、森さんの船で出かけた珊瑚海のグレートバリアリーフで、月食の遅れを船長に非難した時の船長の言い訳を聞いて、ハタと膝を打って、自分のあの時の間違いの原因に気づいたものだった。それは船長が、オーストラリアの夏時間を忘れていたのと同じように、私もまた、レースの出発地点であるカリフォルニアのデイライト・セイビング・タイム、夏時間の一時間のギャップを忘れてしまっていたのだった。

いくらクロノメーター（高精度の機械時計）でグリニッジタイムの時間を計って、それを現地時間に換算しようとしても、そもそも根底から一時間の誤差があるならば、

右ページ
ほぼ二年に一度の開催ペースのトランスパックレース（トランスパシフィックヨットレース）に一九六五年、二度目の参加をしたコンテッサ三世の航跡図。スキッパー（艇長）石原裕次郎、ナビゲーター石原慎太郎。当時、一番若かったクルー、コック役の鈴木リクの名も記されている。「歴代クルー延べ百名近くのうち、目を見張るような成功をしたたったひとりの男」と著者が評す、鈴木陸三氏は、今も共にコンテッサ十三世でレースに参加する仲間。著者が記した五十年前の航跡図の記録は、海の男同士の人生の波長の重なりと共感の証（あか）し。

正確な位置の線などあるはずがない。天測の時刻の把握は、一秒間違っても海図の上では一マイルの誤差が出ると言われるぐらい、天測の瞬間の時間の正確な把握は絶対に必要なのだが、そもそも夏時間の存在を忘れて、頭から一時間の誤差を構えず天測して、天測が天測になるわけは毛頭ない。ということを、私は遥か日本から離れた珊瑚海の絶海の孤島のリーフで悟らされたのだった。

それを胸にしまって日本に帰り、五十二歳で早世した弟の病床を、最期に近く見舞った時に、頭を掻きながら、

「実は、あの時のナビゲーションの失敗の原因がやっとわかった」

と言って、弟に陳謝、言い訳したものだったが、息も絶え絶えの重症のベッドの上から弟は、そんなふつつかな兄貴を、今さら慰めもせず、冷笑もせず、

「今さら、そんなこと聞いても、もう遅いよ、兄貴」

と、呟《つぶや》くように言った。

確かにそんな時、そんな告白をしても、今さら全く遅すぎたものだった。

左ページ
木造のコンテッサ十二世のスターン（船尾）。

三一六ページ
一九七二年五月、沖縄レースのコンテッサ二世で。強風の大時化(しけ)を乗り切った（一五〇～一五一ページ写真）あと、航路を確かめる。三十九歳。

三一七ページ
二〇一五年四月、コンテッサ十三世で。舵（かじ）をとり航路を確かめる。八十二歳。スキッパー（艇長）としての変わらないまなざし。

三二〇（奥付）ページ
故ベニグノ・アキノフィリピン大統領に紹介されたマニラの帽子店で購入した、愛用のカスケット。

CONTESSA XII

ヒッカムヨットハーバーマスター。ルーフォスターのヨット管理取扱甚だ悪く、
計器確認、エンジン調整不備。出航に際し、エンジン始動せず
タグボートでスタートラインに向かうも不吉な予感あり。
スタートするもフォスターの悪しき判断によって不良。以後、彼自信喪失し発熱す。
スタボード（右舷《うげん》）ウオッチ（見張り）の
フォスター、デビッド共に体調悪くウオッチ出来ず。
船長裕次郎健闘致す。無理から発病す。四日間抗生剤呑めど効かず。
ついに発熱、腹痛をうったえデクスターに移動す。
田中ナビゲーター参加せんため、われ日本近海用の漁船天測法用いるも適用せず、
ただ経度のみを得る。ログ（航程）によりて航法するも、
ログに誤差甚だしく、船位を得ること甚だ困難なり。
今回、舵引き少なく、スピン（袋帆）のナイトトラブルを恐れ
夜間のスピン航行を中止す。ために約一日を喪《うしな》いたり。

左ページ
一九六五年のトランスパックレース（トランスパシフィックヨットレース）の航跡図。
逗子邸の玄関ホールに額装して飾られたこの大きな北太平洋の航跡図に、ロサンゼルスのサンペドロからホノルルまでの航行についての著者の記述がある。

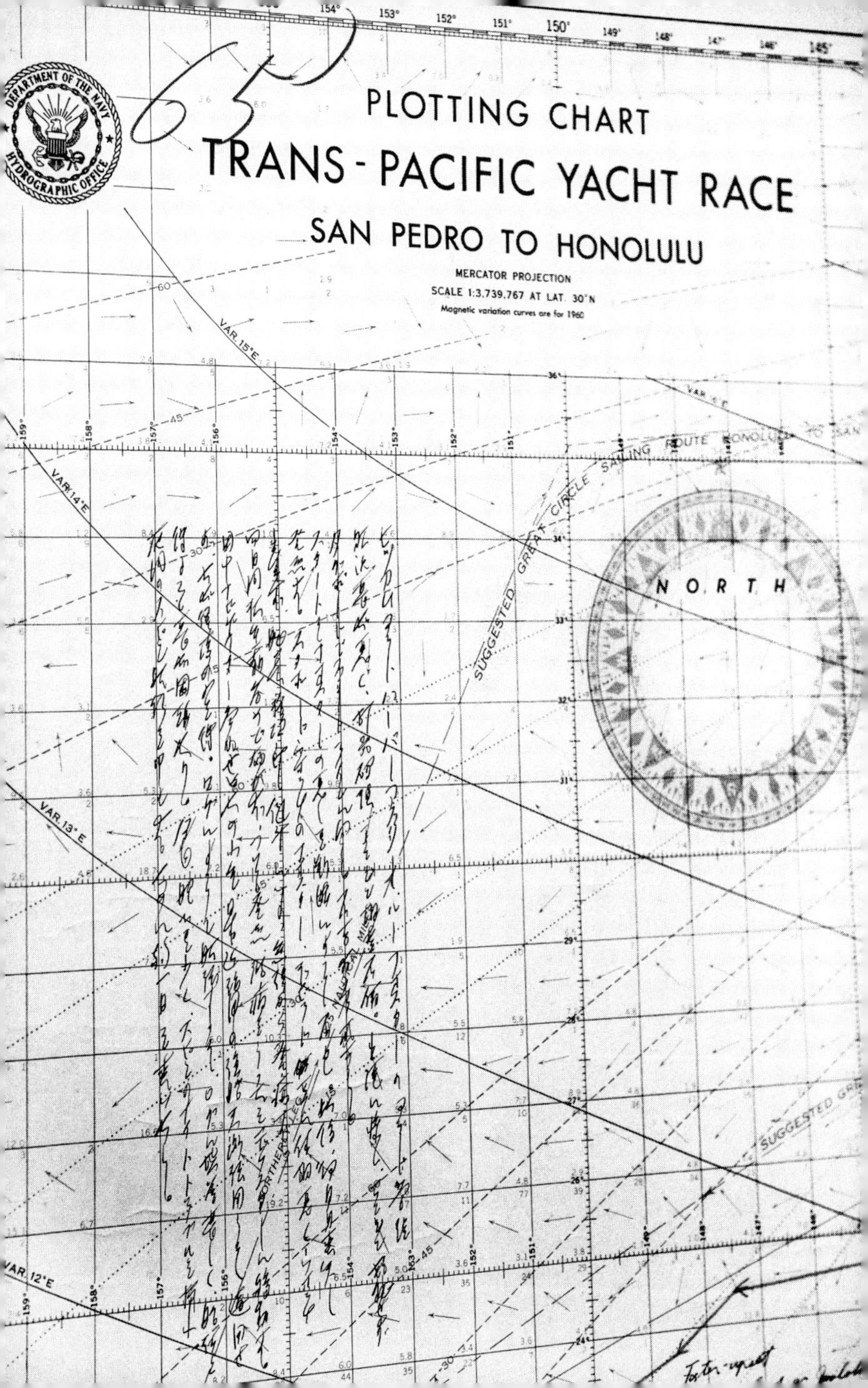
DEPARTMENT OF THE NAVY
HYDROGRAPHIC OFFICE
PLOTTING CHART
TRANS-PACIFIC YACHT RACE
SAN PEDRO TO HONOLULU
MERCATOR PROJECTION
SCALE 1:3,739,767 AT LAT. 30°N
Magnetic variation curves are for 1960
NORTH
SUGGESTED GREAT CIRCLE SAILING ROUTE
VAR. 15°E
VAR. 14°E
VAR. 13°E
VAR. 12°E

あとがき

海は私の人生の光背だった。海なしに私の人生はありえなかったともいえる。

北海道の小樽から湘南の逗子に引っ越してきて海の間近な家に住むようになり、たちまち泳ぎも覚え中学生の頃、子煩悩の父親にせがんで小さなA級ディンギを買ってもらい風や波の味わいを覚えて以来、海に病み付きとなった。

世の中に出てから木造の三十六フィートのクルーザーを造りオーシャンレースに出場するようにもなり、遭難寸前のレースも何度か体験するうちに海とは離れがたい人間になってしまった。外国でのレースにも何度か出たが日本の海ほど変化の激しい、恐ろしくも美しい海はないと悟るようになった。

新聞やテレビの天気図を見ても年間通じて平均すれば毎日複数の低気圧、すなわち一種の嵐が映っているような気象を持つ国は他にはありはしない。故にも日本の海は変化に富んで、複雑怪奇、すなわち恐ろしく、楽しく美しい。それを知る人間はある意味で選ばれた、また呪われた者といえるのかも知れない。とにかく私は死ぬまで海の呪縛から逃れられないことだろう。

この本は私の体の内に納《しま》われた海の、写真を介しての記録だ。島にしろ岩や岬にしろ海の上から眺める印象は全く違う。それを知っている私の幸せをこの本を通じて陸の上でのほほんと暮らしている人たちに分ちたい。

最後に、わがままな私と恐ろしくも美しい海に辛抱強く付き合ってこんな未曾有の本を作ってくれた編集者の江本さんに心から感謝している。

二〇一五年八月

石原慎太郎

石原慎太郎

いしはら しんたろう

一九三二年九月三十日神戸市生まれ。一橋大学卒業。一九五六年、一橋大学在学中に執筆した『太陽の季節』で芥川賞受賞。著書に『完全な遊戯』『星と舵』『化石の森』（芸術選奨文部大臣賞受賞）、『生還』（平林たい子賞受賞）、『わが人生の時の時』『風についての記憶』『弟』『人生への恋文』（瀬戸内寂聴と共著）、『やや暴力的に』『歴史の十字路に立って』など多数。

一九六八年、国会議員に当選し、環境庁長官、運輸大臣などを歴任。一九九五年、勤続二十五年を機に国会議員を辞職。一九九九年から二〇一二年まで、東京都知事を四期にわたって務める。同年、衆議院議員として国政に復帰し、二〇一四年十二月、政界引退を表明。

二〇一五年、旭日大綬章受章。

初出

「湘南の海」「限りなく恐ろしく美しい難所 神子元島」「初島の魅力」「愛してやまない式根島」「絶海に聳える孤岩の群れ 三本岳」「越すに越されぬ爪木崎」「秘宝の南島」「秘境列島の吐噶喇」「白砂の浜を巡る海 久米島」「与那国島の海底神殿」「吹きすさぶ龍飛岬」「書斎から眺める逗子湾」（初出『家庭画報』二〇一四年二月号〜二〇一五年一月号に、加筆修正）

「波切大王 なけりゃいい 大王崎」「未知に満ちた西表島」「恐ろしい北マリアナ」「憧れの大環礁 ヘレン」「夢の群島 カロリン諸島」「限りない変化の海 グレートバリアリーフ」（書き下ろし）

撮影協力

石原良純（逗子邸、コンテッサ十三世）
石原延啓（逗子邸）
鈴木陸三（コンテッサ十三世、湘南、初島）
森内勇（龍飛岬）
新嵩喜八郎（与那国島）
稲葉文則（初島）
水嶋光弘　水嶋夏子（龍飛岬）
青森県東津軽郡外ヶ浜町役場（龍飛岬）
葉山ヨットサービス／鈴木健之
葉山マリーナ
コンテッサ十三世クルー／内藤清朗
浅野英彦　関根都美男　佐野三治　土橋秀文
寺澤寿一　中嶋雄一　椎山信浩　金森政義
林裕城　天野敏雄　田口弘介　須藤寛文
有川真奈斗　鈴木士文
石原慎太郎事務所／兵藤茂　楠田盛男
雪田紀子　藤田充子

装丁・本文デザイン　木村裕治
佐藤　幹（木村デザイン事務所）

撮影　小林廉宜
（海、逗子邸、コンテッサ十二世・十三世）
八田政玄（四〜五、二十八ページ）

企画・編集・構成・
撮影ディレクション　江本多佳子（emoto projets）

見返しは、石原慎太郎著『星と舵』の棒地和氏による装丁に触発されてデザインしました。棒地氏に深謝申し上げます。

撮影者不明の掲載写真があります。お心当たりの方は編集部までご連絡ください。

私の海の地図

二〇一五年十月二十日　初版第一刷発行

著者　石原慎太郎
発行者　髙林祐志
発行　株式会社世界文化社
〒一〇二－八一八七
東京都千代田区九段北四－二－二九
電話　〇三（三二六二）五一一八（編集部）
〇三（三二六二）五一一五（販売部）
印刷　共同印刷株式会社
製本　株式会社大観社
DTP制作　株式会社明昌堂
ISBN978-4-418-15514-9

1477
1477
1477